TRES HIVERNS A LONDRES

FÚLVIA NICOLÀS

TRES HIVERNS A LONDRES

ROSA
DELS
VENTS

Paper certificat pel Forest Stewardship Council®

MIXT
Paper procedent de fonts responsables
FSC® C117695

Primera edició: octubre del 2018

Travessera de Gràcia, 47-49. 08021 Barcelona

Publicat per Rosa dels Vents, un segell de Penguin Random House Grupo Editorial, S.A.U.

Printed in Spain – Imprès a Espanya

ISBN: 978-84-16930-83-8
Dipòsit legal: B-16.637-2018

Compost a Comptex & Ass. S.L.

Imprès a Black Print CPI Ibérica
Sant Andreu de la Barca (Barcelona)

VT 3 0 8 3 8

Penguin
Random House
Grupo Editorial

Aquest llibre és per a la meva mare, que va ser
una de les infermeres catalanes del Saint Olave's
Per a ella i per a les seves amigues
També per a les meves amigues, imprescindibles

Aquest llibre és per a la meva mare, que va ser
una de les infermeres catalanes del Saint Olave's
Per a ella i per a les seves amigues
També per a les meves amigues, imprescindibles

PRIMERA PART

LONDRES

1

Ha arribat una carta

Barcelona, novembre de 1960

Ha arribat una carta. Va en un sobre de paper prim amb la vora tricolor del correu aeri. Una carta gruixuda, amb molts segells de la reina. És per a l'Anita, no per a l'Anna. L'Anita Belaure. Soc jo. Al remitent, les inicials del seu nom i una adreça que no li conec, a Highgate, però és la seva lletra. Un any i mig després, un tros d'ell ha arribat a casa. I ha pujat l'escala fosca, ha rebut un cop d'ull indiferent de la mama, que l'ha deixat en un lloc qualsevol. És a sobre de l'aparador escantonat, al costat del *Ciero* d'ahir, del cendrer amb la pipa del pare, de la gorra de natació del meu germà.

Al menjador de casa, tacada de cendra, hi ha una carta que ell va escriure a Londres fa uns quants dies. Ha ensumat el dinar, ha vist la constel·lació de volves de pols a la llum del raig de sol que entra per la galeria. Ha sentit la mama xerrant a crits amb la veïna, la dona del bomber, el que es va trobar un feix de bitllets en un incendi. Però ell tot això no ho sap.

S'hi estarà gairebé tot el dia. Mentre faig trucades, repasso un pressupost al despatx i una mosca es passeja sense pressa per sobre el clatell d'en Cunill. Mentre dino amb l'Ernest a Les Comes, fregant-nos els genolls. I encara hi és quan torno a casa al vespre en un autobús brut, ple de cossos cansats i descolorits de final d'hivern.

A dos quarts de nou i cinc obro la porta de casa i penjo l'abric al ganxo del rebedor. El sopar —coliflor, ous durs— és a taula, refredant-se mentre esperem que arribi el papa. La mama seu a la cuina, amb el davantal descordat i la ràdio massa alta.

—Tens una carta —diu assenyalant el menjador—. Una carta de Londres.

Diu «Londres» omplint-se'n la boca, amb una mica d'orgull i una mica de menyspreu, com si Londres fos seu però no n'hi hagués per a tant. Surto a mirar.

La veig de seguida. «Ara no.» «Sisplau, ara no», penso. M'hi atanso amb compte, com si el sobre s'hagués d'obrir de cop i volta, com si hagués de posar-se a cridar el que sigui que hi diu. Me la fico a la butxaca interior de la bossa. Ara no la puc llegir. Ja decidiré què en faig.

Deixo l'abric sobre el llit, em calço les sabatilles però no sento el fred de les rajoles. A la seva habitació, el meu germà Ton llegeix estirat al llit.

—Em sembla que tens correu —em diu.

Deu pensar que és una carta com les altres. Res que pugui ensorrar el món. El meu món.

No la llegiré. No pas ara, que queda un mes i mig per casar-me. Tanco la porta del meu quarto i la deixo amagada a l'escriptori, al fons del calaix del mig.

2

Que tinguis sort

Londres, juliol de 1955

El papa em va acompanyar fins al vagó, va col·locar la maleta al prestatge i em va dir adeu des de l'andana.

—Que tinguis sort!

Mentre ho deia, el tren va xiular per última vegada i es va posar a poc a poc en marxa.

Vaig sortir de Barcelona el 19 de juliol de 1955 des de l'Estació de França. Jo tenia vint-i-un anys. Ja feia onze dies que era major d'edat, però vaig esperar a anar-me'n que passés l'aniversari del pare. Em va semblar just: ell m'havia acompanyat a comissaria a fer-me el passaport, i m'havia firmat tots els papers sense obrir boca. No va intentar convence'm que em quedés, i l'hi vaig agrair. La mama va fer més comèdia: durant uns dies em va mirar ofesa, després, uns dies dolguda, uns dies trista. I després em va demanar què farien sense el meu sou.

Jo havia decidit que ja no tindria por de res. I no en vaig tenir quan un gendarme em va repassar en silenci la documentació, ni quan a Dover una funcionària anglesa seca i grisa com el seu uniforme em va demanar el permís d'immigració i em va fer un interrogatori: «Sí, vaig a treballar», «Sí, soc infermera», «Sí, vaig al Saint Olave's Hospital, a Rotherhite», «Sí, he après l'anglès a Barcelona ("Es nota, oi?")», «No, no sé si penso quedar-me, ja veurem com va». «Ahà», va fer, dubitativa. La vaig mirar als ulls. Va apartar la mirada i em va deixar passar.

Aquesta dona no coneix les monges del Sagrat Cor de Maria. Elles sí que en sabien, de fer por. Quin espant els seus ulls petits i malèfics sota la toca blanca, tan rialleres amb les nenes riques. Amb nosaltres, mai. Les odiava tant que les hauria esclafat; esperava que qualsevol dia caurien fulminades sota el pes de la meva rancúnia. Però davant seu havia d'abaixar el cap. I mentre mirava a terra em palpava dissimuladament els blaus minúsculs dels seus pessics als braços, per no oblidar que, si volien, ens podien fer molt mal. Que no les perdonaré. Jo no em rebel·lava, però tampoc no plorava mai, i això les posava frenètiques.

Marxava a Londres per no abaixar més el cap ni tenir més por, però quan feia la maleta em tremolaven les cames. La mama entrava de tant en tant al quarto, i em mirava amb cara de «com pots fer-me això?», però jo sabia que era pels cèntims i perquè, de les tres germanes, jo soc la més mansa. Amb la Muntsa i la Nuri vam fer veure que serien quatre dies i no passava res. L'únic comiat que em va fer plorar va ser el d'en Ton, el germà petit. En Ton, que acabava de fer els divuit i estava perdent l'única còmplice que tenia al món. Encara veig la seva mirada acusadora quan va baixar al carrer a dir-me adeu.

Vaig baixar del tercer tren, el tren anglès, a l'estació Victoria. Era com la de França però potser tres cops més gran. Em vaig encantar un moment mirant un mapa a la sortida, i de seguida va endur-se-me'n un riu de gent atrafegada. Era dijous a mitja tarda. Hi havia un brogit sostingut de cotxes —molts més que a Barcelona— autobusos, parades de metro, viatgers carregats d'embalums. Ningú mirava a ningú. No feia calor de juliol, el terra era moll de pluja recent, i el taxista —que anava amb gorra— no em va donar conversa. Potser era el segon o el tercer taxista de la meva vida. Jo anava mirant el riu, els carrers, el perfil d'una cúpula retallat contra el cel gris, els ponts, tants parcs...

Seguíem circulant, i els carrers van perdre forma i consistència, les cases eren més velles i brutes, i la gent, més lletja. Això em va alleujar: ja m'hi trobava més a casa. Llavors el taxi es va aturar en una avinguda, davant la tanca coberta d'heura humida de l'hospital. Gairebé d'immediat, un home vestit amb una mena de granota va sortir a obrir-nos la porta i ens va fer senyal de passar directament a l'edifici principal. A banda i banda de la porta, les dues torres de maons foscos —d'un marró fosc que no havia vist a Barcelona— que haurien de ser casa meva. En tornar-me el canvi, el taxista em va dir: «Benvinguda!».

Llavors vaig pensar que estava picant al timbre de la segona part de la meva vida. I quan la síster Parker va obrir i se'm va quedar mirant per sobre les ulleres —jo no podia saber que uns anys després li agafaria la mà mentre es moria— em van caure galtes avall dues llàgrimes grosses.

3

El que pensava al tren

Barcelona, dels anys trenta als cinquanta

Mentre el tren sortia de Barcelona a batzegades, frenant i accelerant, travessant túnels, xiulant amb totes les seves forces, jo mirava per la finestra i em demanava quines coses trobaria a faltar. Les meves germanes i en Ton, molt; els pares, poc; casa meva, gens. Les amistats, no ho sabia: no tinc cap amiga especial. Les meves germanes han fet aquest paper fins ara, i no n'he necessitada cap més. Sense gaires confidències íntimes, que a casa no som d'això, sempre hem fet un bon equip.

Fèiem plegades el camí a l'escola, les tres de costat, amb les trenes tibants —que ens fèiem les unes a les altres— i el vestit net, però sargit i sempre una mica curt. Entre classes ens retrobàvem al pati, com un escamot en terra enemiga, a punt per defensar-nos de les escomeses de les altres, les «nenes riques». Cadascuna amb la seva arma: la Muntsa amb el seu sarcasme aristocràtic; la Nuri amb la mirada ferotge, desafiadora; jo amb la meva indiferència absoluta a gairebé tot el que no vingués escrit en tinta.

Fins ara les tres ho hem compartit gairebé tot. Sobretot els llibres, amb un afany ferotge de viure vides que no tindrem, de parlar com gent que no coneixem, de ser presents en mons allunyats del nostre, si no més feliços, molt més excitants que el nostre barri gris a l'ombra de les torres inacabades de la Sagrada Família. Compartim aquest afany d'escapar de l'escala fosca, de les cares cendroses dels veïns, dels retrets i de la col i patata a taula. I de la seva olor, que impregna casa nostra, quan no és de cremat, d'humitat, de resclosit, de suor. O de fred, perquè també hi ha l'olor de fred.

Érem tres i els pares no estaven gaire al cas. Això potser ens ha fet mal, però també ens ha obert moltes portes. Podíem sortir plegades al vespre, per exemple. I anar al cinema, si hi havia cèntims, o de festa major, o a la piscina. O —ja de més grans— a pujar la muntanya, a l'hivern, amb el Centre Excursionista. A vegades amb uns esquís llogats, o deixats, en tren, amb xiruques ben fregades amb greix de cavall. Ens deixem tocar pel sol a l'estiu i pel fred a l'hivern. No som fleumes. No demanem permís.

Vaig sentir d'una veïna que aviat tindrem fama de fresques, com la mama. Però s'equivoca molt: en aquest sentit som innocents, ja se'n van cuidar les monges. D'una innocència deliberada, perquè hem llegit molt i sabem que ens convé ser-ho si volem sobreviure. Si no et respecten, no ets res. Abans dels meus dotze anys ja teníem un pla: no seríem ni criades ni dependentes. No serviríem ningú. I no buscaríem marit, ni deixaríem que ens salvés ningú. Ja ho havíem vist a casa, com s'acabava això dels marits. Però ara la Muntsa s'ha promès amb l'Alfons, i la Nuri comença a festejar amb en Tomeu. I potser sí que no totes les parelles han d'acabar igual.

Totes hem treballat des dels tretze anys, que és quan ens treien de l'escola. No era cap drama: suposava perdre les monges de vista i començar a guanyar-nos la vida. Jo ja sabia portar els comptes i escriure en castellà sense faltes, i no em va costar gens entrar d'aprenenta en un despatx desmarxat i sorollós, on bàsicament m'ignoraven. Al vespre anava a ajudar al dispensari del barri i, quan vaig tenir l'edat, vaig fer estudis d'infermera a la Creu Roja. No em van ensenyar gairebé res, però em van donar el títol, un títol absurd amb el qual he trobat feina a Anglaterra.

A casa he dit que serà per un any, però és mentida: en seran tres i mig, els que calen per treure'm el títol anglès. I després, ja veurem.

Això és el que pensava al tren.

4

Saint Olave's Hospital

Londres, juliol de 1955

La segona part de la meva vida ha començat entre pobres, com la primera. Al Saint Olave's ens arriben sobretot avis i àvies que han perdut el seu lloc al món. Gent que s'ha deixat la vida als magatzems del port, i viu en pisos foscos i humits, relliscosos de brutícia. Homes i dones aspres, a qui sovint no entenc, però que em són familiars perquè els meus veïns de Barcelona no eren tan diferents: la seva ira s'assembla molt. Els meus han perdut una guerra i aquests l'han guanyada, però també se'ls veu força derrotats.

A mi ja no. Ara soc una aprenenta d'infermera amb un uniforme blau cel emmidonat a qui parlen de vostè, pel cognom: sona com *Belorgh*. Els torns són llargs —però passen més ràpid que una jornada al despatx— i el te és de franc, com tota la resta. El sou és decent, prou per enviar de tant en tant diners a casa, i tinc una habitació per a mi sola. Les primeres setmanes m'ha costat dormir, acostumada a compartir llit amb la mama. Això no ho he explicat a ningú, és clar.

La primera nit a Rotherhite ja vaig descobrir que a l'hospital hi havia altres infermeres catalanes: la Mercedes, la Júlia i la Flora. En pocs dies ens hem fet com germanes. Ho serem durant quatre anys, però ara mateix encara no ho sabem. De fet, ho serem tota la vida.

La Mercedes —li diem «Cedes»— ja té una foto de la reina a la seva habitació. Li troba totes les gràcies, cosa que per a mi és un misteri. Ella és de Lleida, de casa mig bona, òrfena de pare militar i condecorat, castellà. Tot el que és anglès l'enamora. Si algú li digués que morirà sent *Lady*!

La Cedes és menuda, enginyosa, molt simpàtica, amb uns ulls negres immensos. Ens seguirem tota la vida, a milers de quilòmetres de distància. És igual, si som diferents: durant dècades ella i jo ens apadrinarem els fills, ens ho explicarem gairebé tot —en conferències interminables de continent a continent, que pagarà el Foreign Office— i mentirem l'una per l'altra. Ens direm adeu, al final, mirant-nos als ulls, a Barcelona. Però tot això serà d'aquí molt temps. Molt després de la tarda que vaig arribar al Saint Olave's, quan ella va ser la primera a rebre'm i em va dir que a Londres seria feliç perquè ella també ho era.

I serà així.

Amb la Júlia ens escriurem un cop al mes quan siguem velles. És seca, molt recta, ràpida, sempre amb ulleres, amb pantalons i els cabells curts. Del tot indiferent als afalacs, a la coqueteria i a la frivolitat. És de Granollers, òrfena de guerra per part de mare. Des del dia que la va enterrar, a ella i als dos germans petits, només ha volgut marxar lluny, tan lluny com fos possible. Ho aconseguirà: a ella l'esperen els antípodes i un passaport australià. Hi tindrà una casa amb rosers al jardí i farà de voluntària al museu de belles arts de la seva ciutat, Adelaide, on es jubilarà com a cap d'infermeria del Royal Adelaide, l'hospital més gran. De totes nosaltres, serà l'única que farà carrera com a infermera, i quina carrera! D'aquí uns anys se la disputaran als quiròfans del Mount Sinai, a Nova York. No s'hi quedarà perquè no és prou lluny de Granollers.

Fins a Austràlia la perseguirà la llegenda —que no ha confirmat mai— que un dels més prestigiosos cirurgians del Mount Sinai es va suïcidar per ella quan ja passava dels quaranta.

La Flora, gràcil i silenciosa com un esperit, és única per confortar àvies boges i calmar mariners beguts. Filla d'anarquistes, durant la República va anar a una escola lliure on s'embrutaven les mans de fang i ballaven a la platja.

Després va arribar el desastre —els pares a la presó i una àvia superada per la tristesa, que es matava a fregar escales i bevia massa anís—, però el bé ja estava fet. La Flora és bona sense fissures.

D'ella, que és una mica més gran que jo, però no ho sembla, només en tindré notícies molt de tant en tant. Sabré que pinta, que és el que volia fer, i que té una pensió prop de Canes, en un poble de segona fila de la Costa Blava. Al Tripadvisor en destaquen les melmelades, el porxo de fusta i un jardí amb torretes de colors. Un dia m'agradaria anar-hi.

Amb el temps m'agradaran els mapes. Quan en vegi un, el primer que faré serà situar-nos mentalment, cadascuna al seu racó del món. I pensaré en quina sort que tinc, encara que no l'hagi buscada, de pertànyer a un cercle minúscul, exclusiu, en greu perill d'extinció. El que comparteix els records d'aquells anys al Saint Olave's.

5

Jo, Anita B.

I jo. A casa em deien Anita, però em dic Anna, com la meva àvia. Anna Belaure Vidal. No crido mai. Detesto les tragèdies. No dic mentides. No em poso excuses. Soc discreta: m'escapo per dins. No crec en Déu ni en coses que no puc entendre. Llegeixo tant com puc. Sé d'on vinc i no vull tornar-hi.

Em dic Anna, però encara porto la trena llarga i fosca de quan em deia Anita. Vaig créixer més alta que les meves germanes i, a diferència d'elles, tinc els ulls blaus del meu pare. Ell em va ensenyar a nedar. Quan vaig fer catorze anys ens va apuntar al Ton i a mi al Club Natació Barcelona. Segons la mama, la natació m'ha fet massa prima. També m'ha donat unes quantes medalles que no he penjat mai a la paret, com fa el meu germà, i moltes estones que només nedava i no pensava en res. Ara les trobo a faltar.

A llegir, ens en va ensenyar la mama, sempre distreta i amb poca paciència, i en vam aprendre de seguida, perquè hi havia poques joguines que ens distraguessin. Qui portava llibres era el papa: els hi donaven, o els llogava al quiosc. Vaig créixer llegint històries d'aventures, perquè els contes m'avorrien i no suporto les faules, amb animals que venen a donar-me lliçons. Amb les lliçons de les monges, que anaven acompanyades de pessigades, ja en tenia prou. Érem becades i sèiem al fons de la classe: havíem de fer de criades de les monges i de les nenes riques, que no es feien amb nosaltres. Però això no m'ha fet mai vergonya. Si de cas, ràbia.

A l'escola vaig aprendre a cosir, perquè l'altre punt fort de l'escola, que era resar, a casa no el practicàvem gens. A la capella, fent veure que passava el rosari, o quan cantaven himnes i *salves*, jo repassava mentalment les històries d'orfes, que eren les meves preferides: nens abandonats que rebien cleques, tenien gana i vivien al carrer. I tenien grans esperances. Com en Pip. Com jo.

Nosaltres no vivíem al carrer, és clar, sinó en un pis fosc i estret del carrer Provença. I quan dic que érem pobres no vull dir que passéssim més gana o més fred que els veïns. És que vivíem amb por. Sempre devíem alguna cosa. Dúiem els vestits sargits, massa curts o massa llargs, amb el coll rosegat i les sabates gastades. Quan s'havien de portar flors per a la Verge, o donatius per a les missions, les monges ens assenyalaven: dúiem les mans buides. Encara sento el pessic a l'estómac, els penellons als dits, la coïssor de l'aigua glaçada amb què ens rentàvem com els gats abans de sortir de casa. Però la majoria de les veïnes vivien igual: l'única diferència era que no anaven al Sagrat Cor de Maria perquè no tenien uns avis prou influents per recomanar-les ni prou avars per abandonar-les a continuació a la pietat —inexistent— de les monges.

Del fet que el pare no visqués a casa no se'n parlava gaire: encara hi havia molts pares morts, desapareguts o fugits. Cadascú se sabia la seva, i si algú xafardejava, nosaltres ni ens n'adonàvem.

Cada dissabte, la mama s'arreglava, ens posava un llacet a les trenes i ens portava agafats de la mà al taller on treballava el pare, a buscar la setmanada. Allà l'encarregat, després de fer-li una bona repassada amb els ulls, li donava un sobre amb una part del sou del papa, i amb això havíem de tirar tots cinc. Però com que no tiràvem, perquè era una misèria i la mama «no s'administrava bé», havíem d'anar tot sovint a casa els avis, al passeig de Sant Joan. I allà, la Cinta, la més gran de les minyones, ens posava un plat d'estofat, o d'arròs, o d'alguna altra cosa deliciosa i abundant, a la taula de la cuina, i xerrava sense parar perquè no sentíssim els crits i els plors de la mama i el menyspreu de l'àvia, que acabava obrint el moneder i afluixant uns cèntims.

—Per a les criatures, Eugènia, que tu i el teu home sou una vergonya; com si no t'ho haguéssim dit, que Déu us ha castigat i aquestes pobres criaturetes no tenen la culpa del vostre mal cap!

Però tots aquells crits i aquelles admonicions i aquelles reverències a l'àvia i a l'avi, que dinava sol al menjador fent veure que llegia el full parroquial, tampoc no servien de gran cosa. Perquè era veritat que la mama no s'administrava bé, i encara no havíem arribat a casa que ja s'ho havia gastat.

Després les coses van anar una mica millor, perquè el papa va tornar a casa i de cara enfora ja vam ser només una família desgraciada com les altres. De cara endins va ser com si arribés un rellogat que dormia amb en Ton, perquè amb la mama només intercanviaven grunys i sarcasmes, i, de tant en tant, una tempesta de retrets. Cap dels dos es feia cap il·lusió, i nosaltres, tampoc. A casa no hi havia ni petons ni abraçades ni paraules dolces per a ningú, i no puc dir que ho enyoréssim, perquè no pots enyorar el que no has vist mai.

I si no m'agrada parlar de mi és perquè he d'explicar aquestes coses i sembla que vulgui fer pena.

6

Nurse Belaure

Londres, tardor de 1955

Aquí soc la *nurse* Belaure, *nurse* en *training*, l'esglaó més baix de la vida a l'hospital. Si algú em ve a veure em trobarà al lavabo d'infermeres, fregant-me mans i braços fins als colzes amb aigua i sabó, sota el rellotge que marca el temps exacte. Visc per desinfectar-me les mans entre orinal i orinal, o escopidora i escopidora. O entre aixella d'avi borratxo i cul d'àvia dement. O a l'inrevés.

També arrossego entre els llits, amunt i avall del passadís, les mampares de lona blanca amb què separem els malalts quan necessiten intimitat. Quan els netejo, per exemple: un ritual minuciós que no s'acaba mai i que aprofito per parlar amb ells. Molt sovint no ens entenem: el seu *cockney* encara m'és indesxifrable, però el fet d'enraonar mata la vergonya d'estar tocant algú que no coneixes. Si és un home, i pot fer-ho, li dono una tovalloleta perquè es renti les parts ell mateix. Tot està previst: són rutines i procediments que cal executar amb precisió absoluta, i això ho fa més fàcil. Com el plat especial de la casa: fer el llit amb el malalt a dins i canviant tots els llençols. Es veu que ho estan copiant a tot el món.

Així rutlla l'hospital: tres-cents quinze llits repartits en dotze sales, amb quiròfans, urgències, plaques, cuines, consultoris. Les aules on fem classe, amb la petita biblioteca. Els caus secrets dels metges, on no hem d'anar mai. Les nostres habitacions, la cantina, les sales d'infermeria, amb la seva llar de foc i les butaques. La caseta del porter, que fa la vista grossa si fem uns minuts tard, al vespre, i d'amagat ven alcohol a les irlandeses. L'hospital: una maquinària perfecta al servei d'aquesta carn ferida, malmesa, que cada dia ens porta el barri. No els podem ajudar de portes enfora —on tenen una vida de merda, que diria el pare—, però un cop aquí dins són el centre de tot. De franc. Encara no s'ho creuen ni ells, que fins fa poc havien de pagar. De fet, no m'ho crec ni jo, venint d'on vinc.

—Heu de tractar els pacients com si fossin convidats a casa vostra —ens repeteixen les sísters. M'imagino les cares d'algunes infermeres que vaig conèixer a la Creu Roja sentint això.

—Aquí no teniu nom, només cognom —és una altra frase que ens repeteixen molt. Si no fos per les amigues, potser oblidaria que em dic Anna. O Anita, que és com em diuen.

Si a les sales —on treballem als matins— aprenem el com, a l'aula ens ensenyen el perquè. Tenim un ninot gros, com un maniquí d'una malalta, amb el qual practiquem. Hi han pensat molt. És un mètode racional que m'omple d'admiració, a mi que vinc del regne de la improvisació, l'obediència cega i l'absurd.

A vegades les classes les fan els mateixos metges de

l'hospital, amb qui gairebé no tenim tracte i a qui les estudiantes no podem dirigir-nos si no ens pregunten directament. N'hi ha alguns que són majestuosos i solemnes i volen reverència, i altres només ens ignoren. Però les autèntiques mestresses de l'hospital són les sísters, les supervisores, que no són monges, encara que pel nom ho sembli. I la *matron*, la cap de totes nosaltres, és com Déu. La nostra es diu Campbell, *matron* Campbell. És antipàtica.

Les sísters també tenen un anglès propi, molt formal, que els malalts a vegades imiten per riure-se'n, d'amagat. Amb nosaltres són força educats, pobra gent. Quan parli com elles —que ho faré— podré dir que pertanyo del tot a l'hospital, que m'ha fet seva: una fidel servidora, una soldat —encara amb el meu uniforme blau cel de principiant— del seu exèrcit: el sistema públic de salut britànic, l'NHS. Em sembla que n'estaré més orgullosa que la reina i tot.

Jo també vull ser hereva de la Florence Nightingale, em dic ara mig en broma. Res a veure amb les infermeres de casa, mig esclaves dels metges i capellans i mig carceleres. Les d'aquí, les nostres *staff nurses*, i per damunt d'elles, les sísters, tenen autoritat. I d'aquí tres anys, quan siguem infermeres qualificades, també la tindrem nosaltres, aquest eixam de noies estrangeres. Moltes són de pell fosca, jamaicanes o d'altres colònies, i això no agradarà a algunes sísters, és clar. Nosaltres —la Júlia, la Flora, la Cedes, jo mateixa— tampoc no som com elles voldrien, suposo. Però ens necessiten, i els reconec l'esforç per tractar-nos a totes amb el mateix respecte i la mateixa distància. Al cap i a la fi, se'ns exigeix el mateix.

Jo em poso la còfia i el davantal emmidonat sense protestar.

La síster Parker m'observa sense acostar-se gaire. Va ser ella qui em va obrir el primer dia la porta de l'hospital, i intueixo un vincle entre nosaltres. Ja van dos o tres cops que ha aparegut, com sorgida del no-res, quan he necessitat un cop de mà. Com quan se'm va morir un pacient per primera vegada, en una sala de vells —Mr. Thomlinson, de setanta-vuit anys: l'havien trobat desmaiat al carrer i ja no es va despertar del tot—, o quan una dona anomenada Jane Solomon va marxar pel passadís nua i cridant mentre intentava rentar-la. Me'n recordo dels noms de tots els pacients que toco.

Ara al començament canviem de sala cada setmana. N'hi ha tres de nens. Jo no sé tractar-los. No ho diré en veu alta, però les criatures no m'agraden, potser perquè el seu patiment m'angoixa massa per tenir el cap clar. No sé com ho ha detectat la Parker, però el tercer dia de ser-hi em va cridar un moment al passadís i em va dir, sense entonació, que l'endemà tornava a les sales d'adults, «on farà més bon servei». Vaig assentir, més alleujada que avergonyida. Ella tampoc no hi és mai, a les sales de nens. Després, una companya em va dir que l'havia sentida dient a la cap de sala que em necessitava a Infecciosos, «ara que per fi tenim una estudianta sense por i que les coses no li fan fàstic».

I sense por ni fàstic, i amb el poc que vaig aprendre a la Creu Roja, he anat fent fins ara. La Parker m'ha ensenyat a punxar els malalts amb suavitat i decisió —no tothom ho fa tan aviat—, a incorporar-los amb força i delicadesa, a detectar en una ferida els signes gairebé imperceptibles que comença la infecció. I més d'una vegada he aplaudit per dins veient-la discutir amb un metge —sempre en veu baixa, amb discreció i mà esquerra— sobre el que li passa a un pacient.

I així és el dia a dia, ara per ara. Del *porridge* de l'esmorzar —soc l'única que el troba deliciós; es nota que les altres no han viscut a casa meva— a l'últim te del vespre. La Júlia diu que ja no se'm veuen els ossos, com quan vaig arribar. I si m'he quedat amb gana, busco a les butxaques, plenes dels caramels i xocolatines que ens regalen els malalts, comprades al carret que entra cada matí amb els diaris del dia. Les de *toffee* les llenço.

7

Lower Road

Londres, 1955

A Londres hi falta gent. Homes de mitjana edat, sobretot. Però els anglesos gairebé mai no parlen de la guerra, que va acabar fa deu anys i encara és present a tot arreu: als solars buits, als silencis enmig d'una conversa. Hi ha molt verd escampat, parcs ensalvatgits, carrers que no saps ni on comencen ni on acaben. Al costat de l'hospital hi ha fileres de xalets, alguns tapats per l'heura, amb jardins petits plens d'andròmines sobre la gespa descuidada, cases petites esparses o en fileres, i blocs atapeïts on s'agrumollen les famílies i els vells sols. És desmanegat i no gaire net, encara que això no suposa una diferència substancial amb casa meva.

Plou molt sovint. El meu cel d'ara és més aviat gris, i hi ha dies que la boira —grogosa, densa, sufocant— no em deixa veure-hi més enllà del nas. El barri on visc ara és a prop dels molls, i encara que el mar no es veu, una humitat freda i salada ho impregna tot.

Abans de venir vaig intentar no imaginar-me res, perquè res em pogués decebre. Però com em podria decebre, si no he vingut a buscar un lloc bonic? M'agrada observar el riu, els molls, els magatzems enormes que s'aboquen a l'aigua i el trànsit descomunal que hi ha als matins a Lower Road. Els gossos, els carros, els cotxes. Les gavines que vigilen els vaixells, anant cap al pont i la Torre pel camí de baix. La gent que passa. Un dia o altre acabaran en un llit de l'hospital, però mentrestant cadascú fa el seu paper. Fan funcionar la ciutat. I quan ja no puguin jo potser seré al seu costat. I sabré què he de fer.

Ara tinc una habitació on puc estar sola i llegir, i obeeixo ordres amb sentit. No pateixo pel que deu fer la mama. No he de fer veure que ignoro el ressentiment entre els meus pares, la seva decepció absoluta amb la vida. La maldat dels avis, la de les monges, són a milers de quilòmetres. Tota aquella por i aquella olor de casa són prou lluny per oblidar-me'n, encara que m'enyoro de les meves germanes i del Ton. I mentrestant puc fumar un cigarret, fer una cervesa i riure, aplaudir en un teatre, cantar en un carrer, barrejada amb la multitud, pujar en un autobús amb el meu uniforme blau. Imaginar que em quedaré aquí i la meva vida no tindrà res a veure amb la d'abans.

Però alguns dies cap al vespre tinc la sensació que no me'n sortiré. Com si caigués al fons de la piscina i no pogués pujar, per més força que faci amb els braços i amb les cames. Com si n'haguessin tret el tap i el corrent m'arrossegués cap a dins, i sabés que no tornaré a respirar. Cada cop hi ha més aigua sobre meu, i pesa. I em canso.

Soc nedadora. He guanyat campionats, he fet travessies a mar obert, en ple hivern. He nedat al llac de Banyoles, amb una profunditat insondable sota el cos. Jo nedo amb els ulls tancats, mai no miro al fons. Als meus malsons hi ha piscines buides. O mig buides. Allò tan horrorós que quan un gos cau en una piscina s'ofega sempre, perquè no en pot sortir. Si es cansa de nedar, mor.

A vegades, cap al vespre, sobretot si ha estat un dia llarg i estic cansada, miro cap amunt i veig tota aquesta aigua, i penso que potser no la podré travessar i se m'empassarà tota aquella por i tota aquella ràbia i hauré d'acabar abaixant el cap.

8

Un altre te

Tardor de 1955

La Flora m'ha vingut a veure quan acabàvem el torn. Tenia els ulls enrogits d'haver plorat i m'ha demanat si podíem sortir una estona a fer un passeig. Havia passat tota la tarda amb una dona gran, Mrs. Granger, que se li ha mort com qui diu als braços. Els fills —que viuen fora— no han arribat a temps, o potser és que no han volgut venir, diu. I no hi havia ningú més.

—M'ha dit que anés a casa seva i l'acomiadés de les veïnes.

Duia l'adreça apuntada en un tros de paper: 25, Copper's Lane. Jo m'havia fet la il·lusió de quedar-me llegint a la sala, amb un entrepà de formatge i una tassa de te, però no m'he vist amb cor de dir-li que no. Hem sortit amb l'uniforme, tal com anàvem. Fem més respecte, així. Fins i tot ens cedeixen seient al metro.

Mrs. Granger vivia al cor del barri, en un carrer fosc i extremament trist, en un corraló de pisos al qual s'accedeix per una galeria laberíntica. Era l'hora que la gent torna a casa, amb la roba de feina bruta i la cara desencaixada de cansament. Hi havia un grup de veïnes —ja grans, força desmarxades— xerrant al costat de l'escala, i la Flora m'ha agafat el braç perquè m'aturés. Ha anat cap a elles, que han callat en veure'ns arribar.

—Disculpin, senyores, són veïnes de Mrs. Granger, vostès?

—És a l'hospital, no la trobaran pas a casa —ha dit la que quedava més a prop.

—Ja ho sabem, venim d'allà. I ens sap greu, però portem males notícies. Ens ha demanat que els diem que s'ha mort.

Han mirat amb cara de no entendre'ns.

—Us ha demanat que ens ho digueu? I per què us ha demanat que ens digueu això?

Ens hem mirat amb estranyesa: ens ha costat una mica adonar-nos que no ens havíem explicat bé.

—Vull dir que ha mort aquesta tarda —ha aclarit la Flora—. Però abans de morir m'ha demanat que els ho vingués a dir, perquè ho sàpiguen...

—Oh, pobra Joan —s'ha exclamat la que ens havia respost, tapant-se la boca amb consternació, i amb aquestes paraules s'ha desfermat un cor de lamentacions, preguntes i comentaris tan plens de compassió com de xafarderia.

Als pobres ens agraden les males notícies. Ens refermen en la desgràcia. I, al cap i a la fi, si podem comentar-les és perquè som vius, així que no estem tan malament. En pocs minuts, la figura de la senyora Granger, que acabava de morir sola en un llit de l'hospital, ha adquirit proporcions mítiques: la seva bondat, i sobretot la seva desgràcia —havia perdut un fill a França, a la guerra, el seu marit l'havia deixada feia més de vint anys— eren glossades amb tots els ets i uts per les veïnes, algunes de les quals s'eixugaven les llàgrimes amb el davantal.

—Haurem d'anar a dir-ho a la parròquia —ha anunciat—, i potser li haurem de portar roba per a l'enterrament, oi?

La més pròxima a casa seva en tenia la clau, que s'ha tret de la butxaca de l'abric com si la tingués a punt.

La Flora no ho sabia, i jo tampoc.

—Ja deuen haver avisat la seva filla, oi? —ha preguntat una altra—. Viu a Coventry.

—Em penso que d'això se'n cuida la síster Parker —he dit, fingint que n'estava força segura—. Només hem vingut perquè ella ens va demanar que les aviséssim.

Hem acabat prenent un te a casa la veïna més ràpida a convidar-nos, envoltades de gairebé tot el grup. Ens ha arrossegat a casa seva gairebé com si fóssim un trofeu i ens ha fet seure a la cuina, mentre apartava d'una manotada una pila de roba bruta de sobre la taula, ens omplia dues tasses de te tebi i remenava els armaris buscant sense èxit alguna galeta per obsequiar-nos.

Quan l'excitació s'ha calmat, la conversa s'ha tornat més filosòfica.

—Sembla que era ahir que em va dir que li havien trobat aquell mal —deia la mestressa—, aquí mateix, assegudes en aquesta taula. I ara ens esteu dient que s'ha mort, sense que ens haguem pogut ni dir adeu.

Un home gran amb gorra, mal afaitat, ha tret el cap per la porta.

—Què passa, aquí? Que no soparem, avui?

—S'ha mort la Joan, Jack, i aquestes dues senyoretes

han estat tan amables de venir de l'hospital per avisar-nos. —En Jack ha marxat remugant cap a una habitació amb roba estesa de costat a costat—. Deixeu-lo que rondini —ha dit la dona—: amb la Joan ni s'hi parlava, des que el va esbroncar un dia que el va trobar pixant al carrer.

La Flora i jo, amb la tassa a la mà, intentàvem seguir la conversa. Jo, la veritat, no entenia la meitat del que deien, però m'hi trobava força bé. Quan veiem els pacients sempre són al llit, empetitits, aïllats del seu món i acovardits. Allà, en aquella cuina greixosa, envoltada de plats bruts i veïnes xerraires que no dissimulaven la seva curiositat per nosaltres, els tenia en la seva versió més genuïna. Volien saber si la Joan havia patit molt, si havia mort «bé», si ens havia donat molta feina. De què l'havia palmat, exactament. I d'on veníem, si feia gaire que havíem arribat, i si déu-n'hi-do que bé que ens fèiem entendre, per ser estrangeres.

Quan hem marxat, una altra tassa de te fred més tard, s'havien organitzat per anar demà —o demà passat— a l'enterrament: un darrer regal inesperat de la Joan, que els permetria saber com li anava a la filla de Coventry, que té quatre criatures i les passa magres, i al fill lampista, que viu a l'altra punta de Londres i no visitava la mare gairebé mai.

M'agrada tant, aquesta feina!

9

L'avet de Trafalgar Square

Nadal de 1955

No ha nevat però hi ha una tempesta de flocs de neu gegants a Regent's Street: són els llums de Nadal. A la llum dels fanals és una visió fantàstica i jo hi soc dins, i tafanejo els aparadors il·luminats, i camino lleugera mirant de protegir-me del fred amb aquest abric massa prim que vaig portar de casa. Per un moment he pensat que és poc elegant per anar amb en Terry i els seus amics, els amics estudiants que la Cedes comparteix amb nosaltres, però tampoc no podem fer veure que som el que no som. Són ells els que ens han convidat a sortir, i ja saben que som infermeres, que som estrangeres —«espanyoles», diuen— i que tenim poc a veure amb les amigues que deuen haver fet a Cambridge, o les que tenen als seus barris elegants de Londres. En resum, que som treballadores i anem justes de diners. Però en Terry hi va insistir, i avui s'ha presentat a buscar-nos al Black Stork amb tres amics.

A en Mark, que és rabassut, pàl·lid i obsequiós, ja el coneixíem. Als altres dos, que són germans i gairebé albins de tan rossos, ens els ha presentat com a Nick i Stephen. Venen tots dos amb gorres de Pare Noel.

Hem fet una cervesa amb ells allà mateix, i hem hagut de córrer, en sortir, per agafar l'autobús cap al pont: el Pont, amb majúscula, que és el London Bridge, el nostre pas preferit cap al centre. Des d'allí seguirem a peu. En Mark ha pujat el primer i ha pagat tots els bitllets. En Terry havia pagat les cerveses. Encara no sabem gaire com funciona, això. A casa, quan anem amb un grup de nois d'excursió, cadascú es paga el que beu, o el tren. Avui som convidades. Ho ha dit en Terry, i en Mark hi ha insistit molt. Sempre vol pagar ell, i no sembla que això ens comprometi a res. Sembla una bestiesa, però les infermeres tenim fama de fresques i això ens fa estar sempre alerta.

En Terry està per la Cedes, això es veu a distància. I ella s'hi posa bé, però encara no ha quedat mai sola amb ell. «No vull que es pensi que soc com una irlandesa», diu. Pobres irlandeses, són les que tenen pitjor fama. Les seves monges no deuen ser tan efectives com les nostres, perquè elles van molt controlades a casa seva, però quan arriben aquí i ningú les mira es mengen el món. Nosaltres, en canvi, és com si encara fóssim allà: «Que ningú es pensi...», «Que ningú digui...». En soc conscient, però no ho puc evitar. Tampoc n'he conegut cap que m'agradi prou per pensar-hi gaire.

Anem a Trafalgar Square, a l'encesa de les llums de l'arbre de Nadal.

—Si vius a Londres no t'ho pots perdre —ha dit un dels germans quasi albins.

Les encén l'alcalde d'Oslo, la ciutat que regala l'arbre a Londres, en agraïment pel suport que Gran Bretanya va donar als noruecs durant la guerra. Fins i tot van acollir el rei Haakon i el seu govern. Apunto mentalment que he de llegir més coses sobre la Segona Guerra Mundial, o aquí sempre semblaré ignorant. També és estrany que sàpiga tan poc sobre la nostra guerra, la Civil, però no em ve gaire de gust llegir sobre això i tampoc no sé què en llegiria, si volgués. Em fa mal.

Des del pont hem caminat fins a Trafalgar Square, afegint-nos a la gentada amb ganes de Nadal que avança cap a la Columna de Nelson. Sense distanciar-me, sempre al costat de la Flora —a qui la conversa d'en Mark atabala una mica— vaig a la meva, pensant com m'agradaria veure'm des de fora, amb el coll de l'abric aixecat per protegir-me del fred, caminant de pressa amb aquest grup alegre, desitjant que no es posi a ploure. Com una londinenca més.

Serà el meu primer Nadal fora de casa, sense el pollastre rostit de la mama —que no sap fer-lo farcit— ni els torrons que m'agraden tant. «Com pots estar tan prima si menges tants torrons?», em diu sempre la mama. És una de les frases que no poden faltar al sopar de Nadal, com «Com passa el temps!», o el poema «Les tombes flamejants» de Ventura Gassol —«Fou una pàtria. Va morir tan bella...»—, que el pare recita cada any, i que sempre em fa venir llàgrimes als ulls. Quan tingui casa meva i el papa ja no hi sigui, seré jo qui el dirà cada Nadal a l'hora de les neules, estovada pel vi dolç.

Però aquest any no crec que la trobi a faltar: treballo, i a l'hospital hi ha un sopar especial, i cantarem nadales per als malalts —que podran beure una mica de ponx—. Hi haurà discursos i tot, es veu.

Ens aturem davant l'arbre, un avet esplèndid, amb un estel de cinc puntes a dalt de tot. El noruec acaba el discurs i de seguida demana que encenguin els llums, entre aplaudiments. Un cor de nens es posa a cantar, tothom aplaudeix i se'm fa un nus a la gola, perquè és bonic, és el centre del món i jo hi soc just en aquest moment. Els nostres amics ja canten a plens pulmons, sobretot els germans rossos, i la Flora s'hi afegeix amb una veu preciosa, que no li havíem sentit mai. En Mark fa el gest de treure's el barret, per animar-la, però ell no sap com n'és de tímida: sense voler, la fa callar en sec. En Terry i la Cedes van a buscar vi calent, que ens escalfa les mans i ens fa cantar una mica més fort i desafinat. Els nois expliquen coses de la universitat: estudien lleis, història, llatí, aprenen a fer discursos, llegeixen molt. Em moro d'enveja. Jo també hauria volgut una vida així. Anar en bicicleta per un campus verd, llegint tot el dia, escoltant classes apassionants. Parlar com ells, amb aquest accent que sembla un idioma diferent del que parlen al meu barri. A Rotherhite, que comença a ser el *meu* barri. Però segurament si hagués nascut aquí jo seria de Rotherhite, no de Chelsea, o de Hampstead, o d'on siguin aquests nois privilegiats, que si fos anglesa no anirien amb mi, perquè no seria tan exòtica com els dec semblar. Només seria pobre.

Seiem en un pub tot adornat de Nadal, i demanem més vi. Amb el vi i l'excitació del moment, que no voldríem que s'acabés mai, fins i tot la Flora s'ha deixat anar. No m'ho puc creure, però està parlant de la guerra, i ha explicat que els seus pares eren anarquistes. Els anglesos se l'escolten entusiasmats, la Cedes i jo estem bocabadades. La nostra fràgil Flora, sense aixecar la veu, explica que el seu pare va fer la guerra a les trinxeres, al front d'Aragó. Que va participar en col·lectivitzacions, que volia fer un món millor. Que va acabar en un camp de treball, que va morir a la presó. Que la seva mare també hi va passar anys, que va tornar malalta i ja no es va recuperar. Té els ulls aigualits i no alça la veu, que ara ja no és suau. En Mark, tan ben vestit, tan pàl·lid, amb el seu parlar una mica quequejant de classe alta, l'observa fixament, commogut. Potser si la Flora no fos tan bonica, amb aquests ulls tan grossos i aquesta pell tan delicada, aquests nois no semblarien disposats a posar-se ara mateix a les ordres de Durruti. La Cedes no diu res. El pare de la Flora i el seu pare van lluitar en bàndols enemics. Va guanyar el de la Cedes, i el de la Flora es va podrir a la presó. No ha de ser fàcil de portar, això. Quan sortim, en Terry, que potser ho sap, se l'endú una mica enllà, parlant d'altres coses. Jo m'he quedat amb la Flora, i encara que no em veig amb cor de dir res, m'estic al seu costat, fins que la conversa mor i en comença una altra sobre què farem per Nadal.

Nosaltres no farem vacances. Les *nurses* graduades i les sísters tenen preferència per agafar alguns dies, i les aprenentes haurem de cobrir tots els torns. Ells aniran amb les famílies: en Terry i els rossos, al camp, i en Mark, aquí a Hampstead, on el seu pare —que havia viscut a les colònies fins fa poc— té una casa fantàstica, o això diuen els altres. Ningú diu res de portar-nos-hi, és clar. És difícil saber les normes de l'amistat, quins són els passos. Jo mateixa no porto les amigues —ni els amics, i menys els coneguts— a casa meva, perquè no és un lloc per anar. A ells no els hi duria mai. No sé pas què hi faríem, a casa, ni on ens estaríem, ni què els podria ensenyar: el vàter de color verd vàter? L'habitació de la mama i meva, amb un armari tan ple que les portes no tanquen? La cuina, que dona a un celobert pel qual ni entra la llum? Però potser aquesta gent que té mansions està acostumada a rebre gent a casa, té un lloc que és seu on estar-se, i jardins i cavalls, o el que sigui que tenen. Només deuen convidar les amigues de la universitat, rosses i distingides, o les seves cosines, ves a saber. Tampoc m'hi vull capficar, no els conec prou i m'és una mica igual.

Han insistit a acompanyar-nos a l'hospital, encara que els diem que no cal, i ens hem aturat una estona sobre el pont. Encara hi ha trànsit de gent, i de cotxes. Ha quedat una nit clara i freda, sense vent. El riu corre plàcidament mentre emprenem el camí cap a l'hospital. Com explicaré tot això quan torni a casa?

Ens acomiadem a la porta amb encaixades, i ens desitgem bon Nadal, per si de cas. Ja ens veurem, diuen. Hem arribat a l'hospital cansades i enfredorides, i no fem ni un últim te abans de ficar-nos al llit.

10

La Mercedes

Londres, 1955

Les meves germanes no m'ho deixarien dir, perquè és cursi, però en aquell Londres emboirat i una mica pudent on vivíem, la Mercedes brillava com un far. Tenia una gràcia natural, circense, per fer el pallasso sense fer el ridícul. Feia riure els avis ensopits, espantava les sísters i esverava les iaies boges —i a nosaltres— corrent entre els llits amb un orinal a la mà i fingint que li queia. O recitant, amb un termòmetre a la mà en comptes del punyalet, el monòleg de Hamlet tal com ho feia en Lawrence Olivier, que ara ens sembla ridícul amb aquella perruqueta i llavors ens embogia. La Júlia s'amagava, avergonyida que a la Cedes li costés tan poc cridar l'atenció. Però jo li feia de claca encantada, perquè quan ella concentrava les mirades a mi no em veia ningú. I també perquè sospitava —i ara n'estic segura— que la Mercedes necessitava estar enmig de la pista.

Al principi, quantes més coses sabia d'ella més m'espantava: anava a missa, tocava el piano i sabia amb quins coberts es menjava el peix. Si jo ho sé és perquè ella me'n va ensenyar. Però darrere la seva alegria hi havia un passat tan ple de crits i retrets com el meu. El seu pare militar havia mort alcoholitzat feia anys, i la seva mare no hi era tota; els seus cinc germans s'havien escampat, rosegant les restes del patrimoni familiar, i l'únic que estava una mica per la Cedes era el germà gran, professor de química a la universitat, que l'havia enviada cap a Anglaterra amb la recomanació que trobés un marit estranger i no tornés mai més a Lleida.

Llavors ella es va enamorar d'Anglaterra i dels anglesos, des de la reina —a l'habitació hi tenia una foto, amb corona i tot!— fins al més borratxo dels mariners jubilats que teníem a l'hospital. I va descobrir que li agradava cuidar malalts. I no només això, sinó que li agradava escoltar-se'ls, que té més mèrit. Suposo que aquesta facilitat per somriure i mostrar interès —cert o fingit— li va ser molt útil anys després. En Terry sempre ha dit que l'autèntica diplomàtica era ella.

La Cedes anava tan justa de calés com nosaltres, però potser per inconsciència, o perquè era filla de guanyadors, no tenia el complex d'immigrant que ens mig aturava a mi o a la Júlia. No perdia mai el somriure cordial però segur, tant si estava berenant en una cafeteria cara del centre com si entrava en una botiga per emprovar-se roba que no podria comprar. Si vam anar a pisos d'estudiants, i si ballàvem amb ells a soterranis foscos, i hi fèiem pícnics, i també amb ells anàvem a pedalar i a banyar-nos als estanys, va ser gràcies a ella. I si aquests estudiants van resultar ser molt més decents que la mitjana també va ser gràcies a ella, que tenia un do especial per calibrar la gent a primera vista. Amb un s'hi va casar. I si van fer carrera diplomàtica —això sempre es fa en equip— estic segura que va ser més pel tacte i la gràcia d'ella que no pas per en Terry, un homenot sentimental i una mica arrauxat, crescut —com molts de la seva classe— en un internat per a nens rics faltats d'afecte.

Recordo bé el 24 de març, en la nostra primera primavera anglesa, quan la Cedes ens va arrossegar a veure la regata, impacient, vestida de «blau Cambridge». Mentre ella s'obria pas fins a la primera fila, la Júlia i jo rondinàvem entre la multitud, encongides pel fred, amb l'abric cordat fins al coll, el mocador al cap, embolicades amb una bufanda de llana, del tot fora de lloc. Buscàvem arrecerar-nos del vent entre la gentada, i jo em preguntava per dins quin sentit tenia tot plegat mentre la Júlia deixava clar que barques i remers li importaven —literalment— una merda. I la Cedes, esgargamellant-se, animant els «seus» —devien ser amics d'en Terry, inaccessible a la riba— com si li anés la vida. Perquè sí, perquè les barques feien bonic i ells eren joves i guapos, i els londinencs tenien moltes ganes de divertir-se després de la guerra, i la Cedes volia, per damunt de tot, ser una més.

A en Terry l'havia conegut a l'hospital la tardor passada: ell va arribar a urgències amb un trau al cap i ella el va recollir quan es desmaiava mentre una síster li cosia la ferida. Després el va acompanyar fins al carrer, per si defallia, i, quan ell va insistir-hi —gairebé dos metres d'esportista amenaçant de tornar a desmaiar-se—, es va esperar al seu costat fins que va arribar un taxi.

Mentre s'esperaven, la Cedes va descobrir que en Terry estudiava a Cambridge, que volia ser diplomàtic i que amb prou feines veia els seus pares tres o quatre cops l'any. Que era un tros d'home, vehement i amb força sentit de l'humor. I que no suportava, deia ell, la fredor de les angleses.

Que tots dos es trobessin era una coincidència molt improbable, perquè en Terry no hauria entrat mai al Saint Olave's si no hagués estat per accident, no venia mai a Rotherhite i molt rarament pujava a un autobús. Però aquell dimecres havia d'anar al taller de Jamaica Road on li arreglaven la bicicleta —una Raleigh que s'estimava molt més que el seu propi pare— i, quan baixava l'estrep sense mirar, el va envestir un carro de drapaire. Molts anys després en Terry encara recordava el drapaire, que l'increpava per la seva distracció tot i tenir el cap obert, i el policia que el va dur fins a l'hospital agafat per l'espatlla, i que es va tacar tota la màniga de sang. Com que també era una mica pallasso, li encantava fer-nos riure reproduint una vegada i un altra l'escena de l'accident —«va ser el destí»— i del seu desmai a l'hospital, que va ser fingit.

Després, amb el taxi ja en marxa va desmaiar-se de veritat, però la Cedes ja li havia dit que els vespres de divendres solíem anar al Black Stork. I la setmana següent en Terry s'hi va presentar amb un ram de flors, al costat d'en Mark.

Però això havia estat a la tardor, abans de l'encesa dels llums de Nadal, i encara molt més abans de la regata en què vam passar tant de fred.

11

El primer hivern

Londres, gener de 1956

Avui hem tingut dues baixes: una dona asmàtica, no gaire vella, i el senyor Grant, un home de barbes blanques que semblava un profeta però no parava de dir obscenitats i a l'hora de la higiene sempre refusava agafar la tovalloleta perquè l'haguéssim de netejar nosaltres. El vell era del tot inofensiu, i ens ho preníem bé, perquè no li enteníem gairebé res. Com que cridava molt, perquè era sord, els veïns de llit es cargolaven de riure sota els llençols de les barbaritats que ens deia. S'ha mort dormint, i la Cedes se l'ha trobat de matinada amb la boca i els ulls ben oberts, com un peix fora de l'aigua. Totes pensàvem que en Grant —a qui vam haver d'arrencar clapes de brutícia amb fregall, el primer dia— era pobre de solemnitat, però quan han desfet el llit i han aixecat el matalàs, per ventilar-lo, han trobat a sota un feix de bitllets lligats amb una goma de pollastre. Devien ser ben bé unes sis-centes lliures, que de seguida li han portat a la *matron*. Diu que si l'home no té hereus —ningú l'ha vingut a veure mai— se les quedarà l'hospital, i força bé que aniran.

La boira i el fred d'aquest gener ens estan matant més avis que els que devia matar la guerra. Tenim les sales plenes, hem hagut d'afegir llits i estem allargant torns, que es fan eterns perquè ens els passem corrent. Els pacients no han de notar res: la higiene i els banys són igual de minuciosos, i els canvis de llençols, les preses de temperatura, la visita dels metges a la tarda. Nosaltres, amb els metges, no hi pintem res: sempre els acompanya una síster o una *nurse* graduada. Només parlem si ens pregunten alguna cosa, però si els registres de cada pacient estan ben emplenats —i convé que ho estiguin— no els cal ni saludar-nos, encara que alguns dels joves es fan els simpàtics. Diria que no ho fan gaire, allò d'empaitar infermeres que diu el tòpic, però tampoc no hi posaria la mà al foc: a vegades a la sala d'estar hi ha rumors i rialletes, i es veu que l'any passat una irlandesa va marxar embarassada.

La Júlia parla força amb un metge gran, que és molt aficionat a la música, com ella, i sé que alguna vegada han anat junts a un concert. Però no crec que es tractés de cap cita. A més, la Júlia té un amic més jove, un noi tímid, amb la cara gravada, que a vegades l'espera fora i van junts a alguna exposició o una conferència. És un noi que va sempre molt tocat i posat, encara que no sembla ric, i la Cedes em va dir rient: «No pateixis, que amb aquest no passarà res». La Júlia és hermètica sobre la seva vida; no penso preguntar-li'n res, que no vull que em clavi un moc. En canvi sempre està a punt per donar-nos un cop de mà amb els estudis: d'anatomia i d'instrumental ho sap tot, perquè vol anar a quiròfans, i estic segura que, si en tingués l'oportunitat, faria la carrera de Medicina.

Però això de fer-se metge, per a nosaltres és fantasia.

Jo no en sé de cap, i ningú ens animarà a fer-ho. Als discursos de Nadal, o quan les sísters es posen solemnes a l'aula, tot són elogis al paper abnegat, imprescindible i humil de la infermera. Humil ho dic jo, perquè en teoria és fantàstic, i no dic que no: a mi m'agrada. Però hi ha una muralla decorada de flors i llacets: «Això no és per a vosaltres». Si d'entrada no ets de les que poden anar a la universitat, és complicat. I fins i tot si ho ets. A l'hospital només hi ha una metgessa: és d'origen polonès, em sembla, la doctora Klein. Molt seriosa, distant, amable amb les infermeres. Aquí fa parts i nadons, però diuen que al seu país, abans de la guerra, era metge d'adults, de medicina general, i devia ser molt bona, perquè sempre l'encerta. Jo quan sento la *matron* o un metge dient que som unes privilegiades, que tenim la millor feina del món, sempre en contacte tan estret amb els malalts, m'imagino el director de la fàbrica dient als obrers la sort que tenen de picar el ferro amb les seves mans. Que sí, que m'agrada cuidar els malalts. Però, com seria poder curar-los? I operar-los? Potser en això seria bona, jo també.

Un dia vaig sentir la Wallis, una noia jamaicana molt espavilada, negra com el carbó i de cabells arrissats, que després d'un d'aquests discursos se li va escapar en veu baixa:

—Sí? Doncs vine tu a netejar culs, si tant t'agrada.

Elles ho tenen encara pitjor, cada dia ho veig més: encara no hi ha cap *staff nurse* negra, i em costa d'imaginar que alguna arribi a síster. Els anglesos, que en altres coses em semblen admirables, en això, deixa'ls córrer.

Quan pleguem, si hem coincidit de torn, o si hem fet classe a la tarda, totes quatre anem a fer un passeig. Hem anat eixamplant el nostre radi de descoberta, com els gats: cada cop una mica més lluny. Quan el barri se'ns va fer petit, que va ser aviat, vam començar a explorar el centre. Ara ja dominem força el terreny: botigues, *milk bars* i *coffee bars*, museus, algun teatre, magatzems. No és que el sou doni per a gran cosa, i més si hem d'enviar diners a casa, però aquí ho tenim tot assegurat. I quan no podem anar gaire lluny, perquè estem cansades o ja és tard, anem al Black Stork. Els divendres, gairebé sempre.

El Black Stork és el pub més pròxim a l'hospital: fa cantonada a l'altra banda de Lower Road, a tres o quatre minuts a peu. És força familiar, una mica tronat, i els grups de noies hi són ben rebuts, sobretot les infermeres. La mestressa, que ha tingut els seus cinc fills a l'hospital, es cuida que ningú ens molesti. És clar que no juguem als dards —però ens agradaria— i que mai no ens barregem amb els parroquians habituals. Seiem en una taula al fons de la sala i ella mateixa ve a servir-nos. Bevem cervesa de baixa graduació —en diuen *light ale*— i algun vespre gin amb taronja, però només un cada vegada, i amb aquest punt d'alegria i lleugeresa que tenim pel cansament i l'alcohol, parlem fins que és l'hora de tornar. Aquí he començat a fumar, com la Júlia. Fa la sensació que aquí fuma tothom.

També surto sola. Jo, que tan pocs museus he vist a Barcelona, aquí no sortiria del British. El vaig descobrint a poc a poc, cada setmana unes quantes sales. Però sempre procuro passar per les egípcies. Cada vegada que hi vaig visito en Ginger, un home momificat a qui van trobar, assecat com una moixama, a la sorra d'un desert egipci. Despullat i arrupit en una postura incòmoda, amb flocs de cabell pèl-roig encara enganxats al seu crani perfecte, en Ginger se'm fa molt pròxim. Amb la pell fresca, vestit amb la camisa de l'hospital, podria ser qualsevol dels malalts que veig cada dia. Com aquest noi que es diu Ben, que també és pèl-roig i ha perdut una cama en un accident a la feina. Quina cara faria si sabés que d'aquí quatre mil anys li veurien el cul els visitants d'un museu a milers de quilòmetres de casa? Hi ha grups d'estudiants encuriosits que observen en Ginger com si fos un insecte estrany. No els passa pel cap que aquest home, que sembla jove, devia tenir amics, potser una feina, que devia anar cap a algun lloc quan la mort el va sorprendre al desert i el va deixar sec com un pernil perquè avui el puguem contemplar dins la seva capsa de vidre.

Tot això ho penso quan hi vaig sola. Si m'acompanya algú no m'hi aturo tanta estona: sempre recorrem les sales de pressa, una mirada ràpida aquí o allà, com si no poguéssim tornar sempre que ens vingui de gust. Per sort ja no sentim l'obligació d'anar plegades a tot arreu. Això és gairebé motiu suficient per quedar-me aquí per sempre. I poder anar a la National Gallery només per veure els gira-sols de Van Gogh, o els banyistes de Seurat, o la *madonna* dels clavells de Rafael. De la majoria d'aquestes obres no en tenia ni idea. És trist perquè ni a casa ni a l'escola em van ensenyar res d'art, però té la gràcia que, quan les trobo i me n'enamoro, és com si les acabessin de pintar, com si les haguessin fet per a mi. I el que em fan sentir és fresc, perquè abans no hi havia pensat mai, ni n'esperava res. No havia pensat mai que es pogués pintar el mateix —una marina, un màrtir, un gerro— de tantes maneres. Si no hagués vingut a Londres tot això no ho podria tenir al cap. I si alguna vegada, de més gran, hi hagués aparegut com a turista, me n'hauria tornat a casa empatxada, amb records borrosos. No serien els meus gira-sols, ni els meus clavells a punt de marcir-se a les mans delicades d'aquesta marededeu adolescent, que somriu quan juga amb el seu fill com no he vist mai somriure la mama.

12

La Júlia

Primavera de 1956

Les meves germanes i jo havíem vist molts drames: érem filles de vençuts, eren els anys quaranta i teníem moltes veïnes. A vegades pujaven a casa i s'explicaven les vides amb la mama. I quines vides! Drames esgarrifosos, truculents, que supuraven. Reals com la vida. N'érem expertes.

Amb la Muntsa i la Nuri distingíem dos tipus de drama: el drama sec i el drama humit. El drama humit porta llàgrimes, mocs, crits i sanglots. Potser perquè a casa estàvem més acostumats a aquest (encara que les llàgrimes fossin de cocodril), els drames secs ens impressionaven molt més. Un drama sec és una veu ronca, esquerdada, un got sobre la taula i una mirada d'infinita tristesa.

El de la Júlia era dels secs, i va trigar gairebé un any a explicar-me'l. Va ser un dissabte al vespre, encara feia fresca. Les irlandeses havien sortit i teníem lliures les butaques més a prop de l'estufa. Ningú s'acostaria a dir-nos res. La Júlia seia massa dreta i es netejava les ulleres amb un drapet com si li anés la vida. Tenia els llavis premuts tan fort que dues arrugues fondes, rectes, li emmarcaven la boca.

Durant les últimes setmanes, la seva cara havia anat agafant el color de la cendra, com el linòleum del menjador. La seva conversa s'havia anat apagant, l'atenció se li havia desenfocat. No era propi de la Júlia aixecar-se de la taula sense dir res, ni deixar la gent amb la paraula a la boca. El núvol de tristesa que l'envoltava s'anava fent més espès i amenaçava d'engolir-la, com fa la boira.

—Júlia, no freguis les ulleres tan fort, que les ratllaràs —li vaig dir. Va fer com que no em sentia. Vaig pensar que era el moment—: Júlia, Júlia, mira'm. Què et passa? —Es va encongir d'espatlles, va dibuixar un «Res» amb els llavis que no va arribar a sentir-se. Vaig fer que no amb el cap. Es va rendir.

—S'apropa el 31 de maig —va dir—. I ja farà divuit anys.

—Fa divuit anys de què, Júlia? —vaig insistir.

El silenci es va allargar una mica, com si estigués decidint què feia. I després es va deixar anar.

—La meva mare i els meus dos germans petits van morir al bombardeig de la plaça, a Granollers. Jo ho vaig veure. —I ja va arrencar a parlar-ne. No va ser com jo m'ho imaginava. Ni jo li vaig agafar la mà, ni a ella li va tremolar la veu.

El maig de 1938 la Júlia acabava de fer vuit anys; l'Estevet i en Rafel, bessons, farien aviat els cinc. Eren fills del segon marit de la seva mare, l'Esteve, un home de poques paraules —però totes amables— que feia de manyà. La Júlia va insistir que els nens li eren germans, no germanastres, «perquè havien nascut de la meva mare: jo els estimava com germans, i ells a mi». La mare, que es deia Carmeta, s'hi havia esforçat molt. Era una dona rodona i acollidora, i l'estiu que van néixer els bessons, tan calorós, convidava la Júlia a ajeure's al seu costat mentre els alletava. Aquella escalfor que feia olor de llet agra, suor i carn tendra de nadó era el record més intens de la seva infància, em va dir.

El 31 de maig era dimarts, però aquell dia no anava a escola. Havien quedat que acompanyaria la mare a comprar a la plaça. La Carmeta havia estat cuinera d'un hostal i coneixia la majoria de les pageses, que li feien bons tractes. Però les cues no se les podien estalviar: entre les dues anaven més de pressa. I a la Júlia li agradava participar de la vida dels grans.

De bon matí l'aire ja portava la promesa de l'estiu, fresc però assolellat. Els petits anaven fent saltirons, agafats cada un d'una mà de la mare. Feien cap a la plaça de la Porxada, a comprar patates. Anaven rient des que havien sortit de casa, amb algun joc que només ells sabien. La Júlia s'havia separat una mica d'ells per fer una altra cua. En va sentir les rialles fins al moment exacte de les bombes. Després tot va ser pols i crits i gent corrent i gent aixafada. La Júlia va quedar asseguda a terra, incapaç d'aixecar-se durant molta estona. L'Estevet i en Rafel no se sentien enlloc. Quan va començar a cridar la seva mare, un home se la va endur, tapant-la amb un drap perquè no veiés tota aquella carnassa que feia olor de sang.

Mentre m'explicava això, jo imaginava una Júlia petita, molt seriosa, encara sense ulleres. Amb trenes curtes i un vestit de llana que li feia calor. El vestidet que duia l'endemà a la tarda quan, agafada a la mà de l'Esteve, van anar cap al cementiri. Li anava una mica petit, però se l'havia volgut posar perquè era fet de la mare.

Havia mort molta gent: els de la brigada havien cavat molts forats a terra, i també unes fosses on sepultaven la gent que ningú havia reclamat. Una multitud plorosa omplia els carrers de terra del cementiri. L'olor era molt intensa. La Júlia s'havia d'agafar molt a la mà grossa i suada del padrastre per no deixar-se anar. Ja eren enterrats, ell se n'havia cuidat al matí. La mare i els bessons junts, abraçats. Encara no s'havien separat mai més d'uns pocs metres. A la Júlia la confortava pensar que en Rafel i l'Estevet no s'havien deixat anar de les mans de la mare. I si s'haguessin perdut?

S'hi van estar molta estona, mirant el piló de terra i la creu de fusta amb un número.

—En posarem una de més maca, no pateixis —va dir l'Esteve. Llavors es va treure el mocador de la butxaca, el va desplegar i de dins en va sortir una cadena prima d'or amb la medalla de bateig que la mare duia sempre, encara tacada de sang—. Això ara és teu —li va dir—. Quan arribem a casa te la netejaré.

La Júlia se la va voler posar allà mateix. En penjar-se-la va sentir la mà de la mare sobre el pit i va deixar de plorar.

Tornant del cementiri, l'Esteve la va deixar a casa de la seva germana.

—Fes bondat, Júlia, que me n'he d'anar uns quants dies —li va dir.

La «tieta» la va fer entrar a la cuina i li va donar un tros de pa negre amb una mica d'oli i sucre; un altre dia allò hauria estat festa grossa, però que aquell dimecres no s'ho va poder acabar.

Mentre la Júlia berenava, el seu padrastre va anar caminant fins al tros i es va penjar d'una olivera. Va tenir la mala sort que un veí ho va veure de lluny i va córrer a tallar la corda amb un ganivet a la mà. L'Esteve ja no ho va tornar a intentar, però ho va canviar pel vi.

Poc després la tieta també va quedar viuda. El seu home era voluntari al front de l'Ebre. «Un caprici absurd si tens quatre fills petits», deia ella. La Júlia i el padrastre ja es van quedar a viure amb ells. Cap dels dos no tenia ningú més, i a canvi d'aquest simulacre de família van treballar fort per allunyar la misèria. Ella va veure créixer els seus cosins —aquests sí, *cosinastres*— fent un esforç per no estimar-los gaire, perquè ja tenia presa la decisió de marxar de Granollers per sempre més.

—Per això no tornes mai? No hi ha ningú que vulguis veure? —La Júlia havia deixat de netejar les ulleres, havia relaxat una mica el gest i ara mirava el foc de l'estufa.

—No. Només m'agradaria tornar al cementiri. Quan vivia allà hi anava sovint. —Vam fer un silenci llarg—. M'agradaria tant portar-los flors —va dir, molt fluix.

—Tens enyorança de cementiri —vaig dir, sense pensar-ho gaire.

—Sí? —Ara em mirava amb les celles arrufades, com si ho considerés seriosament.

—Em sembla que necessites celebrar l'aniversari d'alguna manera.

La Júlia m'escoltava atentament.

L'endemà al matí vam anar molt al sud de la ciutat, ja gairebé fora, al cementiri de Hither Green. La Júlia, amb llàgrimes al ulls, va deixar un ram de flors blanques sobre la tomba de trenta-una criatures i una mestra que van morir el gener de 1943 quan els alemanys van bombardejar una escola. Havia acceptat la meva teoria que honorar aquells morts també era una forma d'honorar els nostres. I que allà, a més de mil quilòmetres de casa, també podia asseure's a pensar en la seva mare i els seus germans i dir-los el que els hagués de dir.

I mentre la Júlia parlava als seus, asseguda en un banc, jo passejava pensant en el meu mort, perquè encara en tenia només un: el tiet Lluís, el germà petit de la mama. En Lluïset, com li deia l'àvia les poques vegades que parlava d'ell, era el meu padrí de bateig. Havia mort amb vint-i-dos anys a l'hivern més cru, en un bosc, potser de fred. Molt lluny de casa. Jo m'ho imaginava així i em trencava el cor.

Passava que el bosc era als afores de Leningrad, en plena Segona Guerra Mundial, i el tiet era soldat de la División Azul. «*Caído en combate*», ens van dir. «A les ordres de Hitler, quina vergonya!», va afegir el meu pare. A mi em costa imaginar el tiet en combat contra ningú, perquè era més aviat poca cosa: estret d'espatlles, esblanqueït, de cabells rossos i fins. Dels tres germans era el que més s'assemblava a la mama, i era igual d'eixelebrat. Potser per això va anar a allistar-se de matinada, després que l'avi, en una de les seves discussions, el fes fora de casa. Potser tenia algun secret del qual volia fugir, potser estava tip de ser un desastre en tot. A Rússia va durar vuit mesos.

Jo el vaig plorar, perquè era l'únic tiet que m'estimava. També era l'únic de casa seva que s'estimava la mama. Suposo que per això va ser a ella a qui van notificar-ne la mort; ell devia haver deixat dit el nom i l'adreça d'ella. Quants crits i llàgrimes, aquells dies. La doble cartilla de racionament i la pensió, si n'hi va haver, devien ser per als avis, que inesperadament van canviar un fill bandarra per un «*caído por la patria*».

Però tot això jo no ho podia explicar a la Júlia, que havia perdut mare i germans sota les bombes dels italians. Potser no hauria hagut ni de pensar-hi, en el tiet Lluïset. I menys allà, davant totes aquelles criatures que van matar els nazis.

Quan va venir a buscar-me, un parell d'hores després, semblava que havia recuperat una mica de color. S'havia descordat un parell de botons de la brusa. Sortint del cementiri, un raig de sol va il·luminar, radiant, una medalleta de bateig que no l'hi havia vist mai.

13

Un noruec amb un Bertrana

Londres, novembre de 1956

Aquests dies curts amb nits molt llargues no ens ve de gust sortir. La sala d'infermeres és irrespirable, plena d'irlandeses melancòliques que es passen la petaca de whisky barat i fumen sense parar. No tinc ganes de sentir-les, parlen d'homes que han conegut de les maneres més absurdes i avaluen les possibilitats d'embolicar-s'hi entre comentaris grollers i escarafalls hipòcrites. Totes fan, o fem, pudor de suat i de peus, si ens traiem les sabates. La ràdio no para: si fan notícies canvien l'emissora fins que tornen a sonar les melodies ximpletes que els agraden, i sort que estan massa cansades per ballar.

La Cedes té la regla —les seves regles són com una batalla de trinxeres a la Primera Guerra Mundial— i se n'ha anat a dormir. La Júlia també deu ser a l'habitació estudiant. La Flora té torn de nit. És dimarts al vespre i em fan mal els peus, estic llevada des de la matinada. Maleeixo l'hivern que es fa més cru i ens omple les sales de vells desnodrits, cossos inflats per la cervesa que venen més en busca d'escalfor que de cura per uns mals que no són tan inventats com ells mateixos es pensen. Gent malhumorada i trista que gairebé no entenc, que m'encomana la seva desesperança i m'exaspera amb els seus gemecs, exagerats perquè siguem més ràpides a atendre'ls. Que em desperten compassió però no afecte: desitjo que es curin sobretot per perdre'ls aviat de vista. La Mercedes sempre diu que hauríem de repartir ginebra en comptes de te a l'hora de berenar, així dormiran i ens deixaran una estona en pau. Novembre pot fins i tot amb el seu optimisme incombustible.

Jo m'he tancat a l'habitació: vull escriure a casa. Vull, però no sé què dir-los. Res del que jo faci aquí, a oceans de distància, en un temps diferent, els pot interessar. Què els podria explicar? Que he rentat una sala sencera de desgraciats, que he tallat les ungles dels peus a sis vells que rondinaven, que els he portat menjar al llit, que cap de les xocolatines que m'han regalat avui m'agrada, que un ha vomitat i l'he hagut de canviar de cap a peus? Enyoro les meves germanes, i en Ton, però ja és una enyorança teòrica, perquè ara no els necessito. No tornaria per res del món. Ni marxaria de l'hospital. Em fa mandra fins i tot pensar en el Nadal. La mama em va preguntar si hi aniria, i he anat ajornant la resposta: hauria de contestar-li que no, que aquí és més divertit, que no discutim a taula ni ens quedem en un silenci tan pesant que ve de gust sortir per anar a la Missa del Gall. La Júlia va dir de comprar entrades per al teatre, i necessito un abric nou. Si em quedo, me'l podré comprar, i a més, enviar regals per a tothom. Segur que si sabés que aquest és el pla, la mama m'animaria a quedar-me. Però sé que hi aniré, i que hauré de passar per casa dels avis.

A la carta de la setmana passada la Nuri em va explicar molt fredament que l'àvia està malalta. Té alguna cosa de l'estómac que no pinta gaire bé. L'oncle Pau està fent que l'hi mirin els seus companys de la clínica on treballa. Em sorprèn adonar-me que m'és igual que l'àvia es mori. Potser m'estic tornant freda, o rancuniosa, o m'estic acostumant al fet que els vells es moren, i a vegades se'm moren a les mans.

L'àvia sempre ens ha mirat com una càrrega, a la Núria i a mi. La Nuri és seca i no dona mai les gràcies pels seus regals barats —les peces bones d'aixovar són per a la Muntsa— i jo sempre procuro mirar cap a una altra banda. «Desagraïdes, desagraïdes», pensa. Ens voldria sempre agenollades, no ha pensat mai que sabem que per dins és una bruixa, tan poca cosa com sembla quan tanca els seus ulls de gel. Si sabés que d'aquesta no es morirà —però encara no puc saber-ho— tampoc no me n'alegraria.

Piquen a la porta i em sobresalto. És la conserge, Mrs. Pidgeon, que em diu que tinc visita, que baixi. Jo no tinc mai visites des que vaig despatxar en Robert, el fill d'una pacient que havia vingut un parell de cops amb la moto a portar-me galetes fetes per sa mare i convidar-me a fer una volta. És un bon noi, però res més: em matava d'avorriment. Li vaig acabar dient que tenia nòvio a Barcelona i no podia sortir amb altres nois. Em poso les sabates i una jaqueta i baixo, encuriosida.

—Hi ha un xicot esperant-te a l'entrada, diu que coneix les teves germanes.

Potser és un amic de Barcelona, però m'estranya: m'hauria escrit abans. Vaig ràpidament al vestíbul, i dret al costat de la porta hi ha un xicot alt, de cabells esvalotats, amb una jaqueta blau marí de mariner i un sarró de pell. Somriu i encaixa amb una mà grossa, segura. Parla en anglès amb un accent que no sé identificar.

—Em dic Bjørn Dahl. Vaig estar a Barcelona, fa un parell d'anys. —«Bjørn? Conec un Bjørn?»—. Vaig fer un parell d'excursions amb la Muntsa i la Nuri, tu no venies. —«Ah, sí, el noruec!» Si l'hagués vist me'n recordaria segur. Va ser un petit esdeveniment per a les meves germanes i les altres noies del grup, que en van parlar força. S'havia estat un temps a Barcelona i havia aparegut per la UEC, però va marxar de seguida i no ens vam arribar a conèixer. Em porta un paquet ben embolicat, amb llibres.

—La setmana passada vaig tornar-hi, de passada, i la Muntsa me'ls va donar per a tu. En dir-li que venia a Londres... Ja veig que no en sabies res. T'hauria hagut d'avisar, perdona. Potser estaves treballant, ara.

—No, no, ja he plegat. Gràcies.

Me'l miro, sense saber què fer. Ha vingut fins aquí i no el puc acomiadar de qualsevol manera.

—Potser tens fred, vols un te calent?

—No... vull dir, no tinc fred. Però si em convides a un te, encantat. Pot ser?

Anem al menjador, que és buit. Si tenim visita, hi podem seure i oferir te de la tetera, sempre en marxa. N'omplo dues tasses i seiem al cap d'una taula llarga. El cansament i la novetat se m'han endut la timidesa. En Bjørn ens contempla, a l'entorn i a mi, amb curiositat. Parla segur, sense pressa i sense arrogància. M'explica que viu aquí des de fa uns mesos, però a vegades ha de viatjar per feina, i que el parell de cops que ha anat a Barcelona els ha aprofitat per anar a la muntanya, i d'això coneix les meves germanes, però no pas gaire. És enginyer i treballa en una empresa que fa lents per a la indústria òptica: càmeres, prismàtics, telescopis, microscopis. Té quatre o cinc anys més que jo. Ens hem caigut bé i xerrem una mica; em pregunta si hi estic bé, aquí.

—Molt feliç. I tu?

—M'agrada Londres. Molt. Tu no trobes a faltar el sol?

—No, gens ni mica. Ni el sol ni la *siesta* ni els toros.

L'he desconcertat. És la resposta estàndard que tinc, després dels milers de vegades que m'han demanat el mateix. I és veritat.

—No enyoro gairebé res: les meves germanes, el meu germà i... res més, diria. Tu enyoraries alguna cosa, si fossis d'allà?

S'encongeix d'espatlles.

—No ho sé. Barcelona m'agrada. De veritat. És una ciutat molt bonica. Però és trist. Una dictadura és trista.

Ara soc jo que m'encongeixo d'espatlles. Somric. Sé que ho diu de bona fe, però estic entrenada a no parlar-ne. Ara soc anglesa, i les angleses no parlem de política, de religió ni de diners. I les catalanes encara menys, per si de cas.

Li demano si també fa excursions, per aquí.

—Surto al camp. De muntanyes, no en pujo gaires..., i d'esquiar, gens. Aquí no puc. Això em mata —riu—. No ho sé, encara m'hi estic adaptant. Tinc molta feina. Però..., et ve de gust que quedem algun dia? Tu m'ensenyes els llocs que coneixes i jo t'ensenyo els que conec jo. Voldria tornar a Greenwich un dia d'aquests.

Quedem d'aquí dos diumenges, perquè aquest aniré

al teatre amb la Flora i la Júlia. Ell em vindrà a buscar a l'hospital: «Abriga't!». Mentre parla em miro el seu nas més aviat gros, els ulls grisos, el cabell esbullat que no és pèl-roig, però que hi va. Sembla intel·ligent, sembla divertit. Inspira confiança. Al cap i a la fi el sant Olaf que dona nom al meu hospital també era noruec.

En Björn no es queda gaire estona, s'ha de trobar amb algú al centre. El mal humor s'ha esvaït. Em sap greu que la Mercedes no l'hagi vist: sempre troba inconvenients als nois que conec i a en Bjørn no n'hi hauria pogut trobar gaires. Torno a l'habitació, obro el paquet de llibres. Hi ha una edició barata, d'abans de la guerra, de *L'Atlàntida*, de Verdaguer, i *Jo! Memòries d'un metge filòsof*, de Prudenci Bertrana: ves a saber d'on l'han tret. Aquest l'havia demanat expressament: fa molt temps en vaig sentir a parlar amb entusiasme a un noi del centre excursionista, en Josep Maria, que m'interessava una mica. I ara me'l porta aquest Björn. Potser és el primer noruec que travessa el Canal amb un Bertrana a la motxilla. Ja tinc un motiu per escriure a casa.

14

El roig i el negre

Barcelona, anys quaranta i cinquanta

Ens van anar traient de l'escola com cauen les fitxes de dòmino. Primer la Muntsa, amb 14 anys, l'any següent la Nuri, i a l'altre a mi. No ens va saber gaire greu. A la Muntsa la mare li havia trobat feina en un forn, a Gràcia. Hi va durar una setmana: el segon dilluns ja va anar al despatx d'uns coneguts de la mestressa a demanar que l'agafessin d'aprenenta. El forner l'havia vist espavilada fent els comptes, i ell mateix la va enviar als seus amics, que necessitaven una noia per ajudar. La Muntsa sabia escriure a màquina i calculava de memòria, sense posar el llapis al paper. Semblava més gran, també, i tenia un aire de responsabilitat que els va convèncer de seguida. La mama va tenir un disgust perquè ja no portaria una barra de pa cada tarda, però quan va veure que li pagarien una mica més s'hi va conformar. Perquè tot el sou el donava a casa, fins que l'hi van apujar l'any següent, i llavors va començar a fer una mica de trampa i amb els diners de més es va apuntar a classes d'anglès. El papa, que se'n va adonar, es va fer l'orni.

Quan li va tocar a la Nuri, que era més rebel i els feia més por, ja li van dir que es busqués la feina ella mateixa. I ella tenia molt clar que no seria de dependenta, ni en una perruqueria, com li deia la mama.

—Tan maca com ets, segur que t'agafarien.

Però la Nuri no tenia cap intenció de rentar caps. Ja tenia aparaulada una feina d'ajudant de recepcionista en un hotel de la Rambla de Catalunya. Cada matí marxava a peu, ben pentinada, amb un abric que li havia donat la iaia i que ella mateixa s'havia arreglat. Sabia fer una veu professional, una mica seca, i aviat es va guanyar el respecte de l'encarregada. També es va apuntar a classes d'anglès i, amb la Muntsa, em van pagar a mi per anar-hi les tres juntes.

No sé per què l'anglès i no el francès, que era el que tothom estudiava. Potser perquè el papa l'havia mig après ell sol, amb un manual antic, per fer emprenyar el seu pare, que era germanòfil. O perquè ens donava una pàtina de modernitat i ens feia diferents. O perquè ens en rèiem, de com sonava el francès. No podíem saber que l'anglès també ens salvaria una mica la vida, amb el temps, i que acabaria convertint-se en una mena de tret d'identitat familiar. La segona llengua «de l'ànima», no només per a nosaltres i en Ton, sinó també per als nostres fills, i per als nostres nets.

A finals del 47, les meves germanes em van buscar una feina per a quan em traguessin de les monges, que, com a elles, m'havien ensenyat una mica de comptabilitat. Amb catorze anys ja em llevava a les sis per entrar a les set, amb la trena ben estreta i el nas vermell de fred. Era una jornada llarga, i els amos no eren tan amables com els de les meves germanes, però cada setmana em donaven el sobre amb el que a mi em semblava una fortuna.

Les tres apreníem de pressa. Teníem una mena de desesperació per guanyar-nos la vida i sortir de totes les misèries que havíem vist. La falta de diners no era la pitjor. I en això els amos de Can Tallada, on treballava la Muntsa, van ser providencials.

Es deien Soler Campins, Agustí i Ester. Eren dos germans de més de cinquanta anys, un home benvolent i una dona esmolada com un fibló. Tenien la concessió d'unes màquines de cosir alemanyes que feien servir moltes modistes i molts tallers de costura: les importaven, les venien i es cuidaven de les reparacions. La Muntsa estava a la part de les reparacions, en uns baixos del carrer València amb accés al principal, que havia estat la casa de la família Soler i on, quan la meva germana hi va arribar, hi havia els despatxos dels amos. Eren gent il·lustrada, amb un passat del qual no es parlava mai. Tractaven els empleats amb distància i educació, tant l'una com l'altre, cosa que no era gaire freqüent.

La Muntsa sempre duia un llibre a la bossa. Cada setmana anava al quiosc i el canviava per un altre, pagant uns cèntims. Això ens ho havia ensenyat el pare, que també ho feia: eren llibres vells, clàssics d'abans de la guerra, o novel·les barates, que nosaltres llegíem després de sopar, absents als crits dels pares, a la ràdio sempre alta i a la xerrameca a casa dels veïns, que entrava per la finestra del celobert encara que fos tancada. Ens era igual llevar-nos amb son, perquè aquella estona era la millor del dia. La Muntsa sovint s'enduia el llibre a la feina, no pas per llegir-lo allà, que era impensable, sinó per l'estona d'espera abans d'entrar a classe d'anglès.

Un dia que s'havia deixat la bossa oberta sobre la taula va entrar la senyora Soler, i mentre li demanava uns papers —cosa que passava poc sovint, i que la va atabalar una mica— es va fixar en el llom.

—Llegeixes *El conde de Montecristo*, Muntsa?

Sempre li parlava de tu, i pel nom.

—Sí —va contestar ella, molt menys segura del que se sentia per dins.

—I t'agrada?

—Sí.

La mestressa va agafar el llibre i va brandar el cap.

—Però aquesta és una traducció molt dolenta, quina llàstima.

La Muntsa no va contestar. Li va donar els papers que demanava, i va continuar amb la mirada fixa en els llibres de comptes.

—Quan sigui l'hora de plegar, puja al meu despatx.

Al principal només hi havia pujat el primer dia, per parlar amb l'encarregat. Sabia que a l'entrada hi havia la taula de la secretària dels amos, una dona gran que n'era parenta llunyana, molt seriosa, i que els despatxos grans estaven cap al final, mirant al carrer. També hi havia una sala gran, amb el mostrari de màquines que tenien per ensenyar als clients, i una altra amb caixes d'accessoris. De la resta, cap a l'interior més fosc, no en sabia res. Era la part que es conservava de quan havia estat un pis de la família.

A les set de la tarda, patint per si no arribava a la classe d'anglès, va enfilar escales amunt. La secretària ja havia marxat, i li va obrir la porta la mateixa mestressa, la Soler.

—Vine, que t'ensenyaré una cosa. Però no ho has d'explicar a ningú.

Amb el cor bategant molt fort, la Muntsa la va seguir. Molt seriosa i agafant fort la bossa davant el pit, va passar per la porta que li obria la senyora Soler, a la part fosca del passadís. Ella va entrar darrere i va encendre el llum, una gran aranya de vidre enmig del sostre, menys recargolada que les de l'avi. Era una habitació gran, amb una taula de fusta bona i dues butaques antigues, de potes cargolades.

—Aquí hi vivíem abans de la guerra —va dir la mestressa.

I, ocupant les quatre parets, només interrompuda per la porta, una llibreria immensa. Davant els seus ulls, la Muntsa tenia la biblioteca més impressionant que mai s'hagués imaginat. Des de terra fins al sostre, milers de llibres pulcrament ordenats, amb els lloms nets de pols: molts en francès, molts en castellà, moltíssims en català. Es va quedar muda.

—Què et sembla? Podràs guardar el secret?

La Muntsa, tal com ens ho va explicar aquella mateixa nit, no va contestar. Llegia els lloms. Noms d'autors que no havia sentit mai, títols desconeguts, volums de tapa dura amb cobertes de pell, i altres de cartró, una mica esgrogueït, agrupats per col·leccions senceres o ajuntats amb cura, per ordre alfabètic, harmoniosament.

Se la va tornar a mirar i va veure una dona diferent de la que coneixia. Una dona llegida, que admirava, per enèsima vegada, el tresor que havia conservat a casa i que ara l'hi mostrava orgullosa.

—Mira, Muntsa, si t'agrada llegir, pots pujar a la tarda i agafar el llibre que vulguis; la Conxita et deixarà passar. Només un cada vegada, i quan l'hagis llegit, el tornes i te n'endús un altre.

Ella se la mirava sense dir res, incrèdula.

—No els llegeix, vostè?

—Sí que en llegeixo, però ara no tinc gaire temps. És una llàstima, perquè el meu germà tampoc no pot llegir gaire, i el meu pare, que sí que en llegia, ja és mort. Però tenir una biblioteca abandonada és un delicte. Si t'interessen, pots fer-ne ús.

—Puc agafar-ne un?

—I és clar. Va, quin agafes primer?

Impossible decidir-ho. L'impuls d'agafar un llibre en català era tan fort que la mestressa va llegir-l'hi al pensament. Però quin?

—Què t'agrada més? La novel·la, la poesia, l'assaig?

L'assaig? Mai no havia sentit aquella paraula.

—Una novel·la, agafaria.

—Molt bé. Una novel·la.

La dona va anar cap a la part central de la biblioteca, va estirar el braç i en va treure un volum.

—Si vols una novel·la, comença amb aquesta.

La va agafar i va estendre el seu braç ossut, oferint-l'hi. Era un llibre amb les cobertes taronja, gruixut.

—*El roig i el negre*?

—N'has sentit a parlar?

—No. A les monges no hi era, aquesta.

La senyora Soler va somriure.

—I és clar que no hi era. No han de saber d'on l'has treta, ningú. Però pensa que t'atraparà i et tornaràs boja.

Va sonar gairebé com una maledicció, en el silenci del pis buit, i ella mateixa se'n va adonar i va somriure.

—Té, agafa-la. Potser serà el millor que hauràs llegit. Compto que ets prou gran per entendre-la.

La Muntsa va agafar el llibre amb totes dues mans. «1930», deia la coberta, que duia el dibuix d'un vaixell. «Biblioteca A tot vent. Stendhal. *El roig i el negre.* Traducció i pròleg de Just Cabot.» A sota, el dibuix d'un veler. «Edicions Proa.»

—És el primer volum. A veure quant trigues a demanar el segon.

En aquell moment ja no era la mestressa. I ella li va parlar com hauria parlat a una professora, o a una bibliotecària, si mai hagués parlat a cap. O a un llibreter.

—De què va?

—És la història d'un arribista. D'un home sense escrúpols que enganya a tothom, en un món on tot és mentida. Llegeix-la.

—I si no l'entenc?

—No sembles pas ximple.

La Muntsa es va guardar el llibre a la bossa, amb molt de compte. La va mirar als ulls i li va donar la mà, amb solemnitat.

—Moltes gràcies. Avui mateix el començaré. I si m'ho permet, me'n vaig o faré tard a la classe d'anglès.

La senyora Soler li va tornar l'encaixada amb la mateixa solemnitat.

—Estudies anglès?

—Sí, tres tardes a la setmana.

—Doncs no facis tard, ves.

A la nit, quan el pare fullejava el diari en silenci i la mama agafava el ganxet, provant de començar una discussió, la Muntsa ens ho va explicar en veu baixa, a l'habitació que compartia amb la Nuri i on jo intentava quedar-me tanta estona com podia. Em va semblar la història més extraordinària del món. Ens vam passar el llibre, llegit però encara nou, tan brillant amb les tapes taronges.

—Ens el deixaràs llegir?

—No sé quants dies me'l puc quedar, em sembla que l'hi he de tornar aviat.

—Ens l'explicaràs, doncs?

—Sí, però és un secret.

«Deu ser molt secret», vaig pensar. Perquè tot el que fèiem i tot el que dèiem ja era secret, sempre. Encara que no fes falta. Les tres érem una confraria secreta, conjurada contra el món que ens envoltava. Havíem crescut amb l'anhel de marxar-ne, de no permetre que ens atrapés la deixadesa que impregnava cada racó de casa, segures que hi havia llocs on no calia abaixar el cap ni sentir crits, i decidides a arribar-hi. No sé d'on vam treure aquesta determinació, que ens alimentàvem sense dir-ho les unes a les altres, però sí que sé que —en plena adolescència— els llibres dels Soler ens van donar l'arma definitiva per sobreviure.

Perquè al primer volum d'*El roig i el negre* el va seguir el segon, i després van venir *Crim i càstig*, i *Anna Karènina*, i *El retrat de Dorian Gray*. I ja no vam parar.

Llegíem a tota velocitat, desordenadament, passant-nos els llibres folrats amb paper d'estrassa l'una a l'altra. La Muntsa va començar a portar llibres catalans, guiada per la mestressa. Jo em vaig aficionar a la poesia. Vaig descobrir que podia memoritzar gairebé qualsevol poema que m'emocionés, i, estranyament, em passava amb molts.

Dos anys després els Soler es van vendre l'empresa. L'Agustí, el germà gran, estava molt malalt, i l'Ester va tancar la casa, se'n va endur els llibres i va marxar a Girona. Abans d'anar-se'n va recomanar la Muntsa a uns coneguts que feia poc havien obert una empresa de publicitat. Eren joves i no sabien portar els llibres, i li van deixar aquesta feina a ella, que es divertia molt més, però es veia negra per contenir les pèrdues.

Anys després la Muntsa va conèixer l'Alfons, que acabava la carrera d'arquitecte, a l'American Library del carrer Diputació. Hauria estat bonic que ell se n'hagués enamorat perquè duia a la mà un llibre d'Arthur Miller, i trepitjava ferm, i mirava directament als ulls. Però no sé si va ser per això, perquè hi ha coses que no ens les expliquem gaire.

15

Un esperit científic

Londres, desembre de 1956

El primer cop que vam sortir amb en Bjørn era dissabte i vam anar a Greenwich, en un dels vaixells que van amunt i avall del riu.

M'equivocava molt si esperava un *tour* turístic, o una passejada de compromís amb comentaris intranscendents entre expatriats, aquell *small talk* que tant agradava als anglesos.

En Bjørn no parlava del temps si no era per evocar ventades i terribles tempestes de neu, allaus mortíferes, històries espantoses de l'hivern àrtic que havia conegut en els seus viatges més enllà del cercle polar. Històries que havia llegit o que havia conegut d'oïda, és clar: en Bjørn només tenia vint-i-sis anys i la majoria se'ls havia passat llegint, estudiant —física, enginyeria, història— o a la muntanya.

Bakke, l'empresa on treballava, l'havia enviat l'estiu anterior a la seva delegació a Londres, on tenien una divisió d'enginyeria i des d'on sovint havia de viatjar a altres ciutats d'Europa. Allà era —deia ell— l'«enginyer jove», encarregat de dissenyar les parts més feixugues del procés. Però no pensava fer sempre això, ni quedar-se aquí. Volia treballar a Amèrica, a l'Orient, a l'Àfrica. Volia ferho tot i conèixer-ho tot.

Tot i pertànyer ja al món dels adults, més aviat semblava un estudiant, començant pels seus cabells massa llargs i despentinats per a l'estricte formalisme anglès. De fet, vivia de lloguer amb dos estudiants escocesos —amb qui tenia poc tracte— als baixos d'una casa, a l'East End, i es movia, com ells, en bicicleta. No trigaria gaire a explicar-me que era socialista, «però mai soviètic», i que la seva admiració per Georges Orwell gairebé tocava els límits de l'enamorament, el mateix que sentia —per exemple— per Charles Darwin.

En veure la meva cara desconcertada va riure sorollosament:

—Però he dit «gairebé»... i Orwell és mort de fa vuit anys, així que el meu pare pot respirar tranquil!

No hi havia res de *small* en la conversa d'en Bjørn, però tampoc res de solemne ni res de superflu, i el seu interès —quan el mostrava— no era mai fingit. Aquell primer dia vaig tornar a l'hospital amb els peus inflats de caminar i el cap a punt d'explotar. El meridià zero, que era el meu meridià de cada dia quan era a Barcelona, aquell que em passava sota els peus sense adonar-me'n a poc que em bellugués del barri, havia crescut en un matí fins a convertir-se en l'instrument essencial per mesurar el temps, en l'eina que ens dona accés a totes les mesures de la terra i que ens connecta amb l'observació de les estrelles. En la línia més curta entre els pols. Els pols! Quantes vegades hi havia pensat, jo, en els pols? En Bjørn en parlava com si fos el més natural del món, eren coses que sabia des de petit.

Mentre jo m'havia empassat centenars de novel·les, bones i dolentes, desordenadament, sense gairebé cap criteri, però amb una fam immensa de viure, llegint-les, altres vides, ell s'abocava a conèixer la terra i les lleis que governen el món físic, els fenòmens naturals, les eines amb què ho coneixem tot plegat.

Com pot ser que no me n'hagin parlat mai, de tot això, que ningú m'hi hagi fet pensar? Vaig maleir mil vegades la ignorància de les meves monges, la misèria del que ens havien ensenyat, com havien tancat totes les portes a la nostra curiositat, com havien intentat assassinar-la fins a convence'ns —i amb moltes ho havien aconseguit— que res que passés fora de casa nostra havia d'interessar-nos. I jo encara havia tingut la sort que al meu pare —amb tot el que faltava a casa— li agradés llegir i hagués fet per aficionar-nos-hi, nenes com érem. I encara que no sé buscar les constel·lacions al cel, almenys sé que existeixen, i en conec alguns noms, i sé del plaer que alguns hi troben observant-les les nits sense núvols. Tant de bo jo fos un d'aquests, com en Bjørn. A ell tot això l'hi havien regalat. Per sort per a mi, li agradava compartir-ho, i no ho feia com si fos una oportunitat per exhibir-se, sinó afegint-hi els seus dubtes, amb humilitat. Com si s'hagués trobat casualment la peça que faltava d'un trencaclosques i me l'oferís, segur que jo tenia moltes altres peces per donar a canvi.

Li vaig tornar la peça davant una pinta de cervesa i un pastís de ronyons en un pub barat per a visitants de diumenge quan em va demanar si ja havia llegit els llibres que em va portar de Barcelona. Sobretot el del metge filòsof, un títol que li havia cridat l'atenció. Jo l'havia demanat a les meves germanes esperant una altra novel·la de metges, com *La ciudadela*, que em va deixar el pare i m'havia fet somniar d'adolescent. Però l'obra d'en Bertrana em tenia perplexa, confosa en la seva truculència, divertida i fascinada per la seva irreverència. L'hi vaig explicar a en Bjørn com vaig poder, esplaiant-me a mesura que les seves preguntes es tornaven més precises, i gaudint de l'efecte que les barbaritats que li explicava tenien en algú que més aviat s'esperava la ressenya d'una novel·la costumista, potser rural, pròpia d'una literatura local d'abans de la guerra.

—Quina llàstima que no pugui llegir-la, així entendria millor d'on vens.

Vaig estar a punt de dir-li que no, automàticament: «El que explica en Bertrana són exageracions, a casa no passen aquestes coses». Però vaig callar. Perquè pensant-hi una mica, no m'estranyaria gens que hi passessin coses encara pitjors.

El diumenge següent vam explorar a consciència el Museu d'Història Natural, que ell ja coneixia i que amb el temps seria un dels nostres refugis preferits a la ciutat. Just abans d'entrar-hi em va fer aturar a l'esquerra de l'entrada. Em va assenyalar el capitell d'una de les columnes que separen els finestrals de la façana: a cadascun hi ha el cap d'un animal, i aquell tenia —té— el cap d'un mico.

—Et presento el meu Ginger —va dir—. Igual que tu visites el teu egipci momificat quan vas al British, jo sempre saludo el meu orangutan del Museu d'Història Natural.

Com a mi, a en Bjørn li agradava anar sol. Des del primer dia ens vam acostumar a recórrer les sales cadascú pel seu compte, perdent-nos i retrobant-nos davant alguna peça que ens intrigava o ens fascinava, retrocedint o aturant-nos si ens havíem allunyat massa, buscant-nos entre els caps de la gent si ens havia separat un ramat de visitants.

He tornat alguns cops a Londres, en les vides de després, i mai, en cap de les visites, he oblidat visitar el mico. Ni el Ginger, és clar.

En Björn tenia un esperit científic ple de curiositat. Estava enamorat no només dels minerals —en parlava com si fossin éssers vius, amb vides lentes, quasi aturades, que havien començat milions d'anys enrere—, sinó també de gairebé qualsevol cosa que fos a la terra abans que nosaltres, viva o morta: els dinosaures, les falgueres, els ocells. I, molt, de les àrtiques immensitats glaçades i les històries dels seus primers exploradors, herois obsessius i inflexibles a qui no espantaven el fred ni la perspectiva certa d'una mort blanca. Franklin, Nansen, Amundsen, noms que no he oblidat, associats a aventures que jo ni sospitava i que a ell l'embogien, deia, «perquè ens han dibuixat els perfils de la Terra».

Cap d'aquestes coses m'havia interessat mai, però era perquè ningú no me n'havia parlat com ell. Perquè ningú no me n'havia parlat, de fet. Si n'havia llegit res, eren entitats abstractes, que formaven part d'un paisatge literari que en general m'avorria: en Björn les omplia d'emoció i aconseguia donar-hi sentit.

De sobte girava el focus de l'atenció cap a mi: «I què en penses, tu, d'això? A tu què et sembla?». El noruec també volia saber de llibres, de llocs, de la meva feina, i em feia preguntes que jo no m'havia fet mai —no pas personals, al començament— i escoltava atentament, despert, obligant-me a precisar, obligant-se a entendre.

Realment, no sé quants trens vam perdre ni quants tes es van refredar, oblidats en un racó de la taula, perduts en converses que teníem entre tots dos, que saltaven d'un lloc a un altre sense adonar-nos-en, que podien començar en la làpida plena de molsa d'un cementiri parroquial i acabar en la pèrfida conducta reproductiva del cucut. O en l'existència de Déu, que tots dos descartàvem.

De seguida em vaig adonar que en Bjørn entenia —i compartia— una particularitat del meu raonament, que no és sempre compassiu, sinó molt sovint fred en les anàlisis i els judicis, distant, i fins i tot despietat. Jo sempre ho havia tingut per un defecte heretat de la iaia, la dels ulls blau gel, i havia après a ocultar aquesta fredor sota una capa d'ironia que podia ser esmolada fins a la crueltat. Només la deixo anar en confiança, perquè espanta les bones ànimes com la Flora o el meu germà Ton.

Però amb en Bjørn podia esplaiar-me, perquè en això ens assemblàvem, i amb ell em sentia lliure de treure'm la màscara de noia mansa amb què em coneix gairebé tothom.

Aquest fet era tan evident, que sovint jo mateixa em sorprenia del que estava a punt de dir i callava a mitja frase, però ell ja m'havia clissat i m'obligava, amb tot un repertori de súpliques i laments, a continuar. Així va ser com li vaig confessar mig a contracor que detestava *El petit príncep* amb totes les meves forces. I que abans em tallaria la trena a queixalades que tornar a llegir ni una sola de les seves frases repel·lents.

En Bjørn encara riu.

16

En Mark, un dels últims dies

Nadal de 1956

La mama diu que la setmana abans de morir les persones estan tristes, encara que no ho sàpiguen i la mort sigui inesperada. Però en Mark estava eufòric la darrera vegada que el vaig veure al Black Stork. Aquella mateixa tarda havia fet un dels últims exàmens. Li havia anat bé, em va dir, i ho celebrava sol, a la barra, amb la jaqueta ben plegada sobre els genolls. La seva cara tan blanca encara estava enrogida pel fred i el vent. O potser per la segona cervesa. Em va demanar per la Flora, la «*petite anarquiste catalane*» a qui sempre feia compliments i que sempre el defugia. Pobra Flora, les atencions d'en Mark l'atabalaven. En Mark, sempre tan educat, sempre una mica massa mudat. Sempre una mica fora de lloc, almenys amb nosaltres.

Però fingia bé la camaraderia, aquella amistat superficial que ens permetia anar junts a l'encesa dels llums de l'arbre de Nadal, a fer cerveses al Black Stork, a fer pícnic al parc. Per a ell érem tan exòtiques, amb la nostra roba barata i la nostra orgullosa distància, amb la llengua estranya que parlàvem, com ell ho era per a nosaltres. Jo l'hi notava: era una mica massa obsequiós, massa ràpid a treure la cartera per pagar. Volia estalviar-nos, i estalviar-se, el tràngol de fer evident que érem pobres. Al principi de coneixe'ns parlava una mica més a poc a poc si es dirigia a nosaltres. I ho feia tot de bona fe, perquè era desesperadament lleial a en Terry. L'hauria seguit a la fi del món, perquè en Terry —com després l'hi va explicar a la Cedes— va ser l'únic amic que va tenir a l'escola durant molt de temps, quan va arribar de l'Índia i era un nen pàl·lid, espantadís, que enyorava molt la seva mare morta.

Aquell vespre la Júlia i jo vam beure una cervesa amb ell, dretes a la barra, esperant en Terry i la Cedes. Vam brindar pel Nadal, el nostre segon Nadal a Londres i el primer any sencer que feia que ens coneixíem. Volíem celebrar-lo tornant plegats a Trafalgar Square, a veure el nou arbre que la ciutat d'Oslo regalava als londinencs.

Va ser una cervesa ràpida i ho vaig agrair, perquè la Júlia, educada però circumspecta, em deixava a mi la major part de la conversa. I a mi, que parlar per parlar sempre m'ha costat una mica, em costava correspondre l'obsequiosa lleugeresa d'en Mark, tan atent. Quan va arribar la Cedes amb la seva alegria explosiva vam respirar. Parlava de la neu que s'acostava, del trineu amb què baixarien els turons de Hampstead Height, d'aquell Nadal fantàstic que tornaria a passar a Londres i que jo secretament envejava, perquè tornava a casa per primer cop i em feia por. Al seu costat, aguantant el paraigua amb què l'havia protegida de la pluja, en Terry la mirava meravellat, amb un entusiasme infantil que a la Júlia i a mi ens feia riure dissimuladament. Feia dos mesos que sortien junts, i per Nadal en Terry pensava plantejar als seus pares, ja instal·lats gairebé tot l'any a la *country house* de Somerset, que la convidessin aviat a passar-hi uns dies.

A Trafalgar Square vam tornar a brindar amb vi calent portat de Noruega, mentre tot de nens vestits d'escolanets cantaven nadales i des del públic aplaudíem, aguantant estoicament el fred que ens pujava pels peus i ens glaçava les orelles.

Quan tornàvem cap a l'hospital, que ja era com tornar a casa, jo intentava recordar l'estranyesa de feia un any, quan encara em semblava estar vivint un somni. Ens vam acomiadar d'en Mark i en Terry com l'any passat, amb una encaixada a la tanca, desitjant-nos bon Nadal i bon any, conjurant-nos a repetir el ritual exactament el mateix dia, dotze mesos després.

—I digueu a la Flora que vingui —va insistir el Mark—, o Noruega no ens enviarà més arbres.

La Cedes es va quedar una estona més a fora, amb en Terry, mentre en Mark convidava el porter a un cigarret i parlaven del temps.

Però ja no tornaríem plegats a Trafalgar Square.

Dos dies després, de matinada, en Mark va caure al buit mentre intentava enfilar-se al balcó de casa seva, a Hampstead. Anava amb en Terry, tornaven beguts d'una festa i havia perdut les claus.

Va morir allà mateix, al carrer, mentre el seu amic demanava ajuda a crits.

I a la mateixa hora jo era al tren, travessant França, pensant en l'arbre esquàlid de casa, la taula parada al menjador mal il·luminat, el sopar trist que m'esperava. I les ganes enormes, que s'anaven despertant a mesura que m'acostava, d'abraçar les meves germanes, en Ton, fins i tot els pares. Tornava a apropiar-se de mi la realitat paral·lela de casa, que gairebé havia oblidat, i que em reclamava.

17

La febre de Pfeiffer

Broadstairs, East Kent, març de 1957

Cap a la primavera del 57 vaig passar la febre ganglionar de Pfeiffer. Ara en diuen la «malaltia del petó», encara que la majoria de la gent no l'agafa fent-se petons, ni jo tampoc. Me la vaig diagnosticar jo mateixa, espantada perquè havia perdut la gana. Les noies com jo no perdem la gana: en vaig tenir reserves ben bé fins a la trentena, que és quan els tiberis desproporcionats de la meva sogra em van deixar inapetent.

La resta dels meus símptomes també sortien en el manual: tenia els ganglis inflamats, un cansament inexplicable, els ulls inflats, febre persistent i molt mal de coll.

Identificar la *Pfeiffer fever* va ser molt fàcil, però després no vaig saber què fer. A casa no ens podíem permetre estar malaltes. I si no t'estaves morint no hi havia excusa per no anar a la feina. A les minyones i les dependentes malaltes les feien fora, si més no fins que es recuperaven. I això sense comptar la desconfiança que aixecava una noia pàl·lida, pobra i malalta: la tisi sempre estava a l'aguait.

Jo no tenia cap ganes d'anar a una síster i dir-li que no em trobava bé, però la cara enrogida de febre m'acabaria delatant. I si l'encomanava a algú? A una companya. O a un pacient, que potser no podria sobreviure. Cada nit esperava trobar-me millor l'endemà, i cada matí em llevava pitjor.

Els dubtes no van durar gaire: pocs dies després, la Cedes se'm va quedar mirant fixament a l'hora d'esmorzar.

—No et menges el *porridge* des de fa sis dies. Què et passa? És el noruec? —va dir en un to teatral d'exasperació i ofensa—. No, a l'Anita no hi ha noruec que li tregui la gana.

La Júlia també m'observava.

—Tu no estàs bé. —Em va posar la mà al front amb aquell gest que m'encantava perquè era com tenir mare—. Tens molta febre. Vine amb mi ara mateix.

Em vaig estar quinze dies a l'ala d'infermeres, en una habitació per a mi sola. La Flora, la Cedes i la Júlia s'escapaven cada dos per tres per donar-me un cop d'ull. Els vaig demanar que no ho diguessin a ningú: no tenia sentit espantar els de casa, que no hi podien fer res, i més si la setmanada continuava arribant com sempre. D'en Bjørn no en sabia res des d'abans de Nadal, quan va marxar a casa seva. Devia haver-lo reclamat la seu central de l'empresa on treballava.

Potser havia desaparegut per sempre sota una allau. Potser encara el buscaven amb fanalets i gossos ensinistrats. Jo temia secretament que l'explicació fos molt menys dramàtica: s'havia avorrit de la meva amistat, o havia trobat algú més interessant. Em sabia greu de veritat, perquè mai no m'havia entès tan bé amb ningú: en Bjørn m'agradava molt. Però dues o tres sortides no donen per a tant. Ni tan sols sabia si sortia amb algú altre.

Però en aquell moment estava massa feble per tenir sentiments forts. Si començava a patir em cansava de seguida i canviava de pensament. Tenia sentiments lànguids d'heroïna romàntica, em deia la Cedes rient mentre em desfeia la trena a la nit i me la feia al matí, ben flonja perquè no em destorbés sobre el coixí.

Per reforçar la languidesa, em van tenir a règim de revistes il·lustrades i llegendes del rei Artús les dues setmanes i mitja que vaig passar a l'ala d'infermeria, i la Flora em va portar una camisa de dormir brodada que havia comprat en uns encants, però que havia rentat i havia planxat com si fos per a una princesa. Amb això posat, que era una túnica prima i una mica tràgica, i amb els cabells deixats anar, escampats artísticament sobre el coixí, la Flora em va fer un dibuix inspirat en el món artúric —però que també podria ser l'Ofèlia o la seva cosina— que era mig en broma i mig seriós, que les meves germanes van envejar molt i que vaig conservar molt de temps. La Júlia es cuidava de parlar amb el metge, vigilar les medecines i fer d'interlocutora amb les sísters. Que no, que no estaven molestes ni desconfiaven de la meva malaltia: eren sísters. La seva estimació per mi havia crescut en la mateixa proporció que els meus ganglis limfàtics, i moltes procuraven aturar-se un moment o altre a la meva porta i fer un gest d'ànim. I jo els ho agraïa molt, perquè era una manera de dir que ja m'havien acceptat com una d'elles.

Quan van deixar-me sortir del llit em van enviar a la costa, a Broadstairs, a una casa de convalescència que més aviat semblava un hotelet. El metge —un dels «grossos», a qui la síster Parker va demanar personalment que em visités— va decidir que m'hi quedaria un mes. Va omplir tot de paperassa, la va signar allà mateix als peus del meu llit, i l'endemà ja m'estaven preparant la maleta entre la Mercedes i la Flora. Començava el bon temps, i les companyes conspiraven perquè semblés que me n'anava de vacances, cosa que, no cal dir-ho, no havia fet mai. O mai pel meu compte, perquè la meva adolescència malaltissa estava plena de breus estades a cases de monges, a Premià o a Palautordera, amb altres noies pobres i obedients.

La casa de convalescència quedava al passeig, uns quants metres sobre el mar, i tenia una galeria envidrada per prendre el sol sense agafar fred. Jo era la convalescent més jove, i en aquell moment l'única infermera, i em van donar una habitació per a mi sola, al tercer pis. Al principi havia de pujar per etapes, a poc a poc per no ofegar-me, però de seguida em vaig trobar millor. No havia de fer res més que llegir, alimentar-me i descansar.

Baixava uns quants esglaons i travessava el pati, encerclat per una petita tanca de pedra. Cada matí, sobre la tanca, ens esperava el Good Boy, un gavinot avorrit que ens mirava amb indiferència mentre s'acabava les sobres de l'esmorzar que les noies de la cuina li deixaven sobre un diari. Hi havia gent que li parlava com si fos una persona, però jo no, i a mi em mirava amb recel.

Jo baixava i en un moment em plantava al passeig marítim, sobre la platja. Normalment, però, feia massa vent. Una ventada imponent. Feia una caminadeta —«un passeig curtet», em deia la síster a càrrec, molt més maternal que les seves companyes de Londres— i tornava a seure a la galeria envidrada, embolicada en una manta. Estudiava una mica, als matins, i a les tardes, llegia. O xerrava amb un grup de dones que semblava que s'haguessin posat d'acord per passar la convalescència juntes, de tant que s'assemblaven. Entre elles i la «síster de platja», que li deia jo, s'havien confabulat per recuperar-me, i m'exposaven en cada àpat a enormes quantitats d'un pollastre asèptic, aigualit, amb arròs bullit, que la nena pobra que duc a dins netejava del plat amb resignació.

Tot era avorrit —i jo em rabejava en aquell avorriment, que experimentava per primer cop a la vida— fins a les quatre de la tarda del dissabte del segon cap de setmana, quan es van obrir de cop les dues portes de la galeria que donaven al carrer. Enmig de la tempesta de porticons i finestres petant, cortinatges voleiant i crits d'esverament, va irrompre a la sala un home més alt que la mitjana, una mica pèl-roig sota aquella llum, i va venir directe cap a mi, somrient. Vaig trigar uns segons a reconèixer en Bjørn, que ja llençava el sarró sobre la butaca del costat, i m'abraçava amb entusiasme, i m'anava donant paquetets i em mirava de lluny i de prop, i reia i preguntava coses al mateix temps.

Vaig anar obrint paquetets: un parell de llibres —*Hedda Gabler* i *Un enemic del poble*—, una llibreta molt bonica de tapa dura, una petita guia d'arbres de bosc, també en anglès, i una capsa de llapis de colors, «per si t'avorreixes».

—I encara tinc una altra cosa —va afegir misteriosament.

—Vine, anem a fer un volt, no cal que entretinguem gratis tota la parròquia —li vaig dir, deixondida de sobte i conscient de l'expectació que estàvem desvetllant. Vaig llençar la manta a un costat, i em vaig aixecar lleugera de la butaca.

I ja em va ser igual el vent i la fresca, i mentre em cordava l'abric em vaig adonar que el passeig feia una olor molt intensa de mar i que el poble era molt més bonic del que m'havia semblat. En Bjørn estava content i xerraire. Fill com era del mar del Nord, no notava l'impacte a la cara dels granets de sorra arrossegats per la ventada. Les onades grises, la platja fosca, els vaixells agitats del port, tot li estava bé. Un cop allunyats, em va aturar i va treure del sarró una bufanda de llana, molt suau, feta a mà.

—T'agrada? És d'autèntica ovella noruega, com jo. —Me la va posar al coll amb les seves mans grosses—. Ara no te la treguis —va dir—, que si segueixes malalta no tindré amb qui parlar.

I vam parlar, i molt, durant els tres diumenges que va tornar a Broadstairs en el primer tren del matí. Com si s'hagués aixecat una persiana, de sobte semblava permès parlar de temes personals. D'Orwell i de Barcelona. De la seva casa a Oslo tan a prop del fiord. Dels cristalls de neu. Dels ocells, que el commovien i li agradaven tant. I també de la seva mare, que va morir durant la guerra, atropellada per un camió. De l'estranyesa i la soledat que van seguir aquesta mort. De com el seu germà Svein, que amb prou feines tenia vint anys, va haver de fer-se càrrec de la casa i la família perquè el seu pare havia quedat tan tocat que era incapaç de decidir res. D'aquest germà Svein, metge, casat tardanament amb una noia sueca. De les meves germanes, que no sabien de la nostra amistat. D'en Ton, que volia ser mecànic perquè no podria ser enginyer. D'ell, i de com tenia pensat voltar pel món, que era massa gran per tenir una sola vida. De mi, que sabia el que no volia però encara no el que volia, i ho havia de trobar. I també callàvem, perquè en Björn no se sentia obligat a parlar tota l'estona, i jo encara menys.

Passejàvem. La primavera ja tocava l'estiu, els dies s'allargaven i —cosa ben estranya— les pluges van ser escasses i breus, almenys aquells tres diumenges. En Björn duia els prismàtics a la motxilla farcida de llibres, per buscar a l'horitzó els ocells que —deia— ja feien tard en la migració cap al nord: gavines i gavinots, xatracs, baldrigues, fulmars. Noms que trigaré cinquanta anys a sentir de nou, i que ara trobo escampats en alguns articles de la meva filla, si m'arriben i els llegeixo.

18

Hampstead Height

Londres, estiu de 1957

En Bjørn i jo hem quedat allunyats de la resta, asseguts sobre les estovalles de quadrets vermells que ha portat la Júlia. A mesura que el sol escalfava més, la colla s'ha anat desplaçant cap a l'estany. Alguns dels nois van en samarreta i sembla que s'acabaran banyant. Sentim riure la Cedes, que s'ha lligat les puntes de la brusa a la cintura i du els pantalons arremangats. Sembla treta d'una revista. Fa xafogor. Hem menjat entrepans i hem begut cervesa, i ara ens acabem un termos de te que ja no està calent.

Hem xerrat de Noruega i d'ell, que tenia deu anys quan els van envair els alemanys l'abril de 1940. Que van arribar en vaixells una nit al port d'Oslo, com qui diu davant de casa seva. I l'endemà la ràdio va dir que començava la guerra, i a ell li va semblar irreal estar berenant a la cuina com sempre i que a la ràdio anunciessin una cosa tan grossa que després ja res seria igual. I de com es recorda de què berenava aquell dia, però en canvi no pot recordar què berenava la tarda del 17 de setembre de 1942 en el moment que van picar a la porta i eren uns policies que venien a dir-los que la seva mare havia mort esclafada per un camió. Però no vol entrar en aquest record, només en l'anècdota del berenar. I llavors em pregunta què feia jo durant la guerra, la «nostra». Segur que en algun moment em vaig creuar amb George Orwell, diu, Barcelona tampoc no és tan gran.

És difícil que me'n recordi, si me'l vaig trobar. Jo tenia dos anys quan va començar, i els pocs records que en tinc són dels últims mesos. La confusió quan corríem al refugi, la mama amb en Ton a coll, agafant-me fort amb una mà, cridant a les meves germanes que no es deixessin anar, que se li agafessin a la faldilla. El dia que la Muntsa es va perdre i les sirenes no paraven de sonar, tothom estava esverat i ens vam posar a plorar tots alhora. La va trobar la mestressa de la «letxeria», que encara se l'estima com una filla, o això diu. Quan tornàvem a casa vam veure un edifici rebentat i tot era runa i morts per terra i la mare ens va dir «no mireu, no mireu, que és molt lleig». Però nosaltres alentíem el pas i fèiem el ronso, perquè no ens volíem perdre l'espectacle de les habitacions sense parets que deixaven a la vista els armaris, els papers pintats amb els quadres encara penjats, tots aquells fragments de la vida que hi havia hagut a dins i que aquell matí encara s'havia llevat com si hagués de durar sempre.

Feia més d'un any que amb la guerra ja començada i la gana, i tot plegat, el pare ens havia deixat. Llavors la mama ens va agafar a tots quatre i se'ns va endur a Sitges, a fer de mestra. Es va oferir voluntària, i això que potser era la mestra amb menys vocació de la República. Però Barcelona es tornava més i més perillosa, ella necessitava canviar d'aires, i a Sitges ens darien sostre i potser menjar. Però aviat se'n va avorrir i vam tornar a Barcelona, contra el consell de tothom, el gener del 38, quan començaven els pitjors bombardejos.

I prou per avui. O no, perquè en Bjørn està impressionat i en vol més, i això que n'he fet una versió apta per a noruecs.

M'ofereix un cigarret i continua l'interrogatori:

—I el teu pare, què feia ell, durant la guerra?

—El meu pare era massa gran per anar al front. Va fer de director de la fàbrica on treballava.

En Bjørn em mira encuriosit. Pel que sap de mi, no soc filla del director de cap fàbrica. Això que li explicaré ara no ho he explicat mai a ningú: ho sé perquè un dia vaig sentir els meus oncles que en parlaven a casa dels avis.

—Van matar l'amo i la van col·lectivitzar. El meu pare era del sindicat, i com que era bon mecànic i sabia parlar, el van posar a ell de director. És un secret —vaig afegir.

—Un secret? Ets a Londres, Anita!

—Sí. És un secret. L'avi de la Mercedes el van matar els rojos. Hi ha coses de què no podem parlar ni entre nosaltres.

—Els «rojos». Si a casa teva eren rojos, no t'ha de fer cap vergonya. No sé què feia l'avi de la Mercedes, però en Franco fa coses horribles. I és un personatge ridícul.

Sentir el nom de Franco dit així, amb menyspreu i en veu alta, encara em neguiteja una mica. Nosaltres no el diem mai, fins i tot el nom fa por. Som els que vam perdre, per això som pobres i se'n va cada dos per tres la llum de l'escala, i en comptes de protestar ens fem mala sang. Per això el pare no parla mai de quan era jove ni de res d'«abans». «Abans» no existeix. Per això du tanta ràbia a dins però no aixeca mai la veu. «Si no fos per nosaltres seria a la presó, o mort, que bé s'ho va buscar», deia l'avi quan discutia amb la mama, «i encara dius que no us hem ajudat». El pare odia els avis «cagamisses», els seus sogres, més que a en Franco.

Per això també li podria dir a en Bjørn que, segons com, no som rojos del tot. Que els meus avis són de missa i tenen moltes «influències», i que el meu tiet, que era el meu padrí, va morir a la División Azul. Total, que el meu pare ens va deixar plantats a tots, amb en Ton acabat de néixer. Si no fos pels avis ens hauríem mort de gana. Però som rojos igual, per més avis cagamisses que tinguem. «Per això soc aquí», penso ara.

He deixat passar una estona sense dir res.

—Perdona, potser no ha estat bé preguntar-t'ho. No me'n faig el càrrec del que deu ser. A Espanya encara mata gent, en Franco.

—No passa res. Saps, allà tot això no se sap... O sí que se sap, però no es pot dir. No te'n pots fer càrrec, em sembla. És que no són només els morts i les presons, hi ha més coses.

—Coses com què?

—Coses de cada dia. Jo anava a l'escola de les monges, i com que era pobra, les monges em feien servir les nenes riques. Em posaven al final de la classe, les altres se'n reien de mi. Si feien una col·lecta per a la Mare de Déu o per al que fos, i jo no portava cèntims, ho explicaven a tothom. Em feien donar les gràcies per tot. Era el mal exemple. Ho entens? Sabia que xerraven de mi a la meva esquena. Del meu pare i de la meva mare també. I se'n reien de com parlava, del meu accent en espanyol, perquè a casa meva no parlem com elles, ni a la majoria de les cases, però volen que ens faci vergonya. Diuen que bordem com els gossos.

En Björn no diu res.

—Però tu ho saps, la majoria dels llibres de què parlem, i els que em vas portar de casa quan vas venir, i molts dels que encara no n'hem parlat, jo els he llegit en això que elles anomenen lladrucs, perquè abans de la guerra es van publicar en català els millors poetes, i els filòsofs, i els novel·listes més grans del món. I t'asseguro que no són lladrucs: sona molt bé, la meva llengua.

—Em sap greu. No hi havia pensat.

—No, no em fa res. Però em fa ràbia que els anglesos, i tu mateix, que ets noruec, no estigueu contents i celebrant a tothora que viviu aquí, ni que sigui perquè no hi ha monges.

—Brindem perquè no hi ha monges, doncs. Però no cal que siguis anglesa.

S'ha quedat un pèl tocat, però fem picar les tasses de te rient. Potser sí que la cervesa m'ha pujat una mica al cap. En Bjørn és un enginyer noruec carregat de bones intencions, però no ha hagut de viure mai d'una caritat que es paga sent agraït i abaixant el cap. No va deixar l'escola quan era un nen per posar-se a treballar. Ell va estudiar a la universitat, i tenia esquís propis, i una habitació per a ell sol. I pot subratllar els llibres —sé que ho fa perquè me n'ha deixat— perquè són seus.

—I ara què penses? —En Bjørn s'ha posat dret i busca la seva motxilla.

—Que ets un noruec, a tu et puc explicar qualsevol cosa.

—Per què? Perquè desperto confiança? Se'm veu bona persona?

—Perquè no existeixes al meu planeta.

En Bjørn riu, però no gaire.

—Us banyeu, al teu planeta?

—A vegades. Vaig a posar-me el banyador.

Surto del canviador ja amb el meu banyador de nedadora, tan fosc i tan tapat i tan seriós comparat amb el de la Cedes.

—Puc deixar les coses aquí? —demana en Bjørn. I quan me'l miro, s'està traient la samarreta pel cap. I em sorprèn, com un cop calent a l'estómac, la solidesa del seu tors nu. De sobte m'adono que en Bjørn és de carn, de carn ferma i càlida, suau, que podria tocar, avançant una mà, o que podria abraçar, si mai tingués el valor de ferho. Durant una fracció de segon m'imagino l'abraçada i em falta l'aire. No em podia imaginar que em torbarien tant el pèl ros del pit, els mugrons petits, la força que s'intueix a les espatlles, els braços tan forts d'escalador. És una dimensió nova d'en Björn que ja no podré obviar.

Quant fa, que el miro? És a mi, a qui mira ell mentrestant?

—Això és un banyador de nedadora? —pregunta—. O tots els banyadors són així, a casa teva?

—A veure si ho endevines —responc, i ja puc córrer descalça cap a l'aigua, alleujada.

Em tiro de cap i nedo fins a l'altre extrem. Ràpid però molt conscient de cada moviment. L'aigua és molt freda, no em fa res. Quan estic arribant a l'altra banda em capbusso tanta estona com puc i surto a la superfície. La Cedes i els nois, asseguts a la vora de l'estany, uns metres enllà, m'aplaudeixen. A l'altra banda en Bjørn em mira, mut. Li faig senyes que vingui. Es llança i creua l'estany amb grans braçades. Té un bon estil, però no tant com el meu. Quan arriba al meu costat em mira amb admiració.

—No sabia que fessis natació.

Somric.

—És campiona, no t'ho ha explicat? —diu la Cedes, que s'ha acostat enriallada—. Ha guanyat moltes medalles.

—És campiona? —En Bjørn la mira primer a ella i després a mi. Jo no contesto. Em deixo caure fins al fons, que és de llot i fa angúnia, i torno a travessar l'estany, ara sense pressa.

19

Fournier Street

Londres, novembre de 1957

Ahir la mama em va escriure amb la seva lletra punxeguda, deixada anar.

> Filla, nena, Anita,
>
> Com estàs? Et trobes bé, menges? Ja vam rebre el teu paquet. La jaqueta em va una mica grossa, sort que la modista me l'està arreglant, i les galetes ens agraden molt. De te, no cal que n'enviïs més, almenys per a mi. Miraràs allò de la manta que s'escalfa sola? Diuen que ve un hivern molt fred. M'agradaria molt tenir una foto teva amb l'uniforme. Un petó.
>
> MAMA

M'estimes, mama? Em trobes a faltar? Saps quina de les teves filles soc, a part de la més mansa? Saps què em costa, cada paquet que us envio? Saps què val, aquesta jaqueta que hauria pogut ser de segona mà, però a última hora me'n vaig penedir i vaig anar a comprar-la a una botiga bona? Potser me l'hauria hagut de quedar per a mi.

Les cartes de la mama —sempre caben en una quartilla— no les contesto mai de seguida. Abans he de deixar passar uns dies respirant fondo.

És diumenge a la tarda, i volíem anar a la National Gallery, a una exposició de pintura americana, però fa sol i hem preferit passejar per aprofitar-lo. Hem anat cap al centre travessant el pont, el meu camí preferit. Ja tinc camins preferits. M'agrada aturar-me al mig del pont i quedar-m'hi una bona estona mirant l'aigua, les barques que passen, la vista esplèndida cap a un i altre costat. La meva ciutat. En Bjørn m'ensenya els ànecs, els collverds que ara canvien el plomatge i no tenen aquells colors tan vius de començaments d'estiu, quan els vaig veure per primer cop. Quan els vaig mirar per primer cop, vull dir. Ell, en canvi, si fos un ànec, estaria esplèndid: ha tornat de casa seva amb color d'estiu, les mans plenes de durícies de la muntanya, els ulls brillants, d'aquest gris que a vegades va a verd, o a blau, o es torna més fosc. Anem caminant de costat, i sento la temptació constant d'agafar-li la mà, d'aprofitar el frec a les voreres estretes. Però encara no ha passat.

Dubtem si entrar a la Torre i fer de turistes, però una ràfega de vent fred ens alerta de la nuvolada grisa que ve pel costat de mar.

—Anem a casa, fem un te i t'ensenyo els llibres que he portat, fa?

Fa. No és el primer cop que anem a casa seva, però sempre hi hem anat en grup, amb els seus companys, o amb els amics de la Cedes, que ara també són amics d'ell.

El pont i la Torre marquen exactament la meitat del camí: mitja hora cap a l'hospital, mitja hora cap a Fournier Street. Accelerem el pas per avançar-nos a la pluja, i quan estem arribant ja cauen les primeres gotes, grosses i fredes. Davant el rètol del seu carrer li dic que a casa meva les baralles de cartes són d'Heraclio Fournier, un nom que el fa riure.

—Un home no es pot banyar dos cops al mateix riu —diu.

—Com?

—Heràclit. Heràclit d'Efes, el filòsof. Deia que tot està sotmès a un canvi continu: ni l'aigua ni l'home seran els mateixos quan passin la segona vegada pel riu.

No és el primer cop que ho sento, però aquesta vegada ho entenc perfectament: no soc la mateixa que, ja fa dos anys, va passar el Tàmesi per primer cop.

—Tu tampoc seràs el mateix quan tornem a nedar a l'estany de Hampstead —dic.

—És clar que no: m'he estat entrenant, i la pròxima vegada et guanyaré.

Entrem rient a casa seva, i va bé, perquè trenca una mica l'impacte d'obrir la porta i adonar-nos que els seus companys han sortit i estem completament sols.

Ha fet te i ha tret galetes d'una capsa que va portar d'Oslo. Seiem a la taula, al costat de la finestra que mira al carrer. Ara plou fort, i la gent que passa ha tret el paraigua, o corre. Li he explicat que ahir vaig rebre carta de casa, i en Bjørn ha volgut veure una fotografia de la mama. Només en tinc una: una foto petita, feta a la galeria de casa poc abans que jo marxés. Ella porta una brusa blanca i una faldilla també blanca, o beix. Se la veu tan delicada, tan prima i menuda, amb aquest somriure insegur, de nena. Sembla encara més jove del que és.

—No us assembleu gens —diu ell.

—No, jo m'assemblo més al meu pare.

Si la foto fos de més a prop potser es veurien una taca a la brusa, una carrera a les mitges, les ungles trencades. Que les sabates són gastades, que no fa del tot olor de net. Que això no treu que els homes se la mengin amb els ulls. No ho dic, això. En Bjørn observa en silenci la fotografia, i em mira, encuriosit.

—No en parles mai, de la teva mare. —M'encongeixo d'espatlles. No tinc res a dir—. Deu haver patit molt, se la veu tan delicada —afegeix.

M'irrita aquesta condescendència.

—No l'has sentit discutir amb el meu pare —dic.

Llavors és aspra, cruel, sarcàstica. I a nosaltres ens pot ignorar sense cap remordiment. I dir cridant que aquesta no és la vida que volia. Quan érem petites podia desaparèixer i ensorrar-nos en la por i la desesperació durant dies sencers. Pot passar setmanes sense tocar-nos, mesos sense fer-nos un petó. Es pot gastar el sou del pare o els préstecs de l'àvia en un matí, en capricis absurds. No ens venia a buscar a l'escola. És voluble, egoista, infantil.

Però quan estic a punt d'odiar-la —i això des dels meus deu o onze anys— penso que li hauria estat molt fàcil abandonar-nos durant la guerra, donar-nos a algú o deixar-nos en un orfenat. Ens haurien separat. El pare ens va deixar. Ella no ho va fer i és millor tenir mare que no tenir-ne, encara que sigui aquesta. I en el fons del cor, l'hi agraeixo.

Ara estic asseguda a la butaca verda i vella de casa en Bjørn, l'única que hi ha, i encara que passen poc de les quatre gairebé no ens hi veiem perquè la pluja no s'atura i el cel s'ha enfosquit mentre xerràvem. Ell seu a la catifa, al costat de l'estufa. Ara m'observa intrigat, com si intentés seguir el meu curs de pensament.

—M'ho pots explicar, això que estàs pensant?

—No ho sé, si puc —dic seriosament.

Ell s'aixeca, encén un llum de peu, s'assenyala a ell mateix:

—Total, soc un noruec, què importa el que m'expliquis?

—És veritat, al meu planeta no existeixes.

L'hi explico mentre a fora es fa de nit.

La mama va néixer a la Casa de l'Ardiaca. No és cap broma: va viure els seus primers anys entre parets gòtiques, amb fonaments a la muralla romana. De petita jugava amb els seus germans al claustre de la catedral, perquè el seu pare es cuidava dels ornaments litúrgics. Durant uns anys, en aquella família —els Vidal— tot va girar al voltant d'amits, albes, cíngols, estoles, casulles, mantells d'altar i altres paraules que soc incapaç de recordar, però que la mama fa servir amb naturalitat. Com els tipus de brodats, o els noms dels delicats teixits de fil i de seda amb què estaven fets. La mama sap tot això i molt més, coses sobre la roba blanca, els *visillos*, o els aixovars.

Li he d'explicar a en Björn de què va tot això de la roba

blanca, els *visillos* i els aixovars; no ho sé dir en anglès. No sé si a Noruega les núvies en tenen, d'aixovar, ni què han de fer per quedar-se'n sense, com la mama. Perquè a ella, quan va anunciar que es casaria amb el papa, li van deixar clar que si ho feia no tindria ni aixovar ni roba blanca ni amb què comprar-se els *visillos*.

—Björn, no demanis precisió: tot el que sé és fragmentari, a casa no parlem gaire. I pensa que abans d'arribar-me a mi ha passat pel secretisme dels avis, per la fantasia de la mama, o per la mala llet del papa. Faré el que podré.

»A tocar de la catedral només hi van viure uns quants anys, fins que va morir el pare de l'àvia i van heretar. Aquest besavi, que havia vingut de Manresa, tenia una botiga al carrer de la Canuda, a tocar de la Rambla. Era una botiga de sants, sotanes, objectes d'església i tota la mena de coses que posen molt nerviós el meu pare. Un establiment de renom, molt freqüentat per capellans, tant els de Barcelona com els que baixaven dels pobles a comprar calzes i marededeus.

—Encara que només fos l'excusa per escapar de la parròquia i passar uns dies a la ciutat? —apunta en Björn.

—Exacte. Ho tenien tot en material litúrgic, fins i tot hòsties embolicades en un paper com de seda i vi de missa. Però, espera, hi havia més coses. A la rebotiga hi guardaven el material més interessant, el que donava diners de veritat. Això t'agradarà, noruec.

»A més d'estar-se a la botiga, el meu besavi era viatjant per compte propi, com si diguéssim. Sempre anava amb una maleta o un bagul ple d'àngels, sants i marededeus de guix de les que es feien a Olot. Figuretes de coloraines amb expressions molt dolces, amb vestits molt acolorits, amb la palma del martiri o el lliri a la mà, amb nens jesusets rodanxons o àngels d'ales poderoses i cruels.

»Viatjava tres o quatre cops l'any, sol o amb el seu fill gran, el meu besoncle, a qui ensenyava a portar el negoci. Anaven a pobles petits, deixats de la mà de Déu: poblets del Pirineu, de Galícia, d'alguns indrets de Castella. Allà en visitava les parròquies, perquè era molt pietós. I com que era molt pietós, es planyia dels sants i les marededeus velles i fetes malbé que tenien, totes de fusta, inexpressives, de trets tan primitius. Als mossens dels pobles on anava el besavi també els sabia greu tenir una església tan fosca i poc agraciada. Estaven molt contents quan l'avi els canviava les seves marededeus de fusta corcada per unes altres de noves que semblaven nines: amb el mantell de color blau cel, o granat, la pell rosada, un gest bondadós d'infinita fe i resignació i paciència. A canvi es quedava les velles, i potser també algun retaule enfosquit o alguna altra peça «sense valor», remarcava, però que potser voldrien guardar al bisbat. Perquè el besavi tenia moltes influències: ell mateix ho deia —i era veritat— que tractava bisbes i canonges, feliços que anés repartint per les parròquies aquestes imatges que tant agradaven al poble.

—No fotis que els canviava...

—Imatges i peces romàniques per figuretes de guix pintades de colors? Sí. Això diu el meu pare. El cas és que va fer força quartos.

M'agrada tant com riu en Björn, amb riallades fortes que li eixamplen la cara.

—Qui havia de dir que eres descendent d'una nissaga de delinqüents, Anita!

—Estafadors, com a molt... —dic—. Ell sempre deia que salvava les peces d'un desastre segur!

I em besa la mà de per riure, cerimoniosament. La seva mà és calenta i eixuta, i els llavis càlids, i em confon i m'agrada, i l'hi retinc un moment —sense que ofereixi resistència—. I penso què passaria si no la deixés anar, i em ve aquella sensació de buit dins l'estómac. No he oblidat el bany a Hampstead.

—Si mai he de fer un cop et demanaré ajuda, síster.

Síster per infermera, és clar, i síster per germana. Més d'un cop en Björn i jo hem fet la broma que som germans: «Mira que haver de creuar Europa per trobar-nos a Londres... Érem germans i no ho sabíem». És divertit jugar-hi, però em fa sentir una mica malament pel meu Ton, el germà de veritat que m'espera a Barcelona, tan indefens i acorralat. Tan lluny d'en Björn en les seves expectatives de mecànic, de fill petit d'una llar sense ànima. Tan desiguals tot i ser, l'un i l'altre, homenots de bon cor i ulls desperts.

En Björn torna a seure, amb l'esquena recolzada a la paret. Jo segueixo a la butaca, amb els peus recollits sobre el seient. Estem molt a prop però fem veure que no. Ell vol saber més coses.

—I què va passar?

—Quan el besavi va morir, no gaire vell, va deixar el negoci al fill gran. A la meva àvia li va deixar diners, em sembla que molts, i una casa de pisos al passeig de Sant Joan, que és on viuen encara avui, al principal. S'hi van traslladar de seguida: la Casa de l'Ardiaca és molt bonica, però a l'hivern es morien de fred. Com que cobraven el lloguer a la resta de veïns, ja no els calia treballar, així que es van acabar els drapets i les casulles. Excepte els de l'església de Santa Anna, al començament de la Rambla, que la meva àvia hi té molta fe i se'n cuida pel gust de fer-ho. Ella se'n diu, Anna. I jo me'n dic per ella.

—Anita. Sona tan bé.

—No, Anna sona millor. Llàstima que no me'n diu ningú.

—Puc intentar-ho, si vols. Però només si continues.

Com pot ser que no s'avorreixi amb aquesta història? Li deu ser molt exòtica, amb tants capellans i tantes marededeus. Em fa una mica de vergonya explicar-l'hi, però m'agrada que m'escolti.

Ara en Björn seu al meu costat sobre la catifa, amb l'esquena recolzada al sofà i les seves cames llargues acabades en uns mitjons foscos de llana prima. Al seu pis és obligatori treure's les sabates a l'entrada, una reminiscència nòrdica que emprenya molt en George i en Laurie, els seus companys. Avui m'ha dit que si volia en quedava exclosa. «No vull ser una excepció», li he dit, i les meves sabates han quedat polidament aparcades al rebedor. Aquí estic, amb les mitges primes, penedida de no dur pantalons com la Júlia, incòmoda amb les cames plegades cap a un costat.

—Va passar que l'àvia, tan seca i tan freda com els seus ulls blaus, va agafar del tot el comandament de la família. L'avi (que només volia tranquil·litat i bons aliments) es va atrinxerar en uns baixos que tenia al carrer Bailèn, una mena de taller on feia llums d'aranya, d'aquests amb llàgrimes de vidre. N'havia après de petit del seu pare, que s'hi dedicava, i els feia amb o sense encàrrec però sense pressa, fent-se portar des de Bohèmia les peces, que dibuixava ell mateix. Alguns els venia, i sempre m'han dit que n'hi ha un de molt gros fet per ell que penja en una sala de l'Ajuntament.

—Tot això, m'ho ensenyaràs, quan vagi a Barcelona?

—Oi tant! I potser descobrirem que és tot mentida.

—Va, segueix amb la saga.

—La mama (que es diu Eugènia) era la tercera dels quatre fills, l'única noia. No sé en quin moment l'àvia es va adonar que d'ella no en faria res: la nena era capriciosa i gandula, i no tenia cap interès ni pels ornaments d'església ni pel govern de la casa. Li agradava sortir, els vestits, comprar-se coses, els nois. Espiava els germans quan venien amics a veure'ls, i sempre tenia l'orella parada per al xafardeig de les minyones. Llegia novel·les barates, volia anar al cinema. S'encarava a la seva mare, o es tancava malhumorada a la seva habitació. No hi havia bufetada ni càstig que la posés a lloc. Tenia una mirada que desafiava, pertorbadora. Només s'avenia amb el germà petit, en Lluís, que la seguia com un gosset.

»L'àvia va perdre molt aviat l'interès per ella: els nois eren més fàcils de portar. "La nena com abans es casi, millor", va dir un dia. "I que l'aguanti el seu marit", va reblar l'avi. Però la mama es va entestar a fer estudis de mestra a l'Escola Normal, uns estudis que l'avi va anar apuntalant —segons el meu pare— amb un generós repartiment de pernils i caixes de puros a professors i catedràtics. En devia repartir tants, que la mama no només va rebre el títol de mestra amb la firma del rei Alfons XIII, sinó que —quan amb prou feines sabia tocar el *Per a Elisa* i un parell de valsets— també li van donar el títol de piano del Conservatori. I aquell mateix estiu, a Aiguafreda, es va enamorar bojament de l'Anton, que es passejava pel poble amb un cotxe esportiu i havia fet el servei militar a Lleó, a l'aviació.

»L'Anton, que és el papa, era alt i ben plantat, tenia els ulls d'un blau intens i era descarat i turmentat a parts iguals. Tenia molts arguments, també, i tots eren contraris a les conviccions i creences dels meus avis materns: republicà, catalanista, una mica anarquista i una mica de casa bona. També era un bon mecànic, un gran nedador i un lector desordenat i autodidacte. I un sarcàstic neguitós, perquè se sabia desaprofitat. O potser això ha passat més tard.

—Deu ser molt interessant, el teu pare.

—Oi tant!, a la meva mare també l'hi va semblar.

»Per a l'Eugènia, la mama, tot allò que a casa seva estava tan prohibit era irresistible. Però per a la seva família l'Anton era el més semblant a l'Anticrist que havien vist mai. I no només perquè també era ateu i anticlerical. És que a més era fill d'un nou ric, tan menjacapellans com escanyapobres, que s'havia enriquit, durant la Primera Guerra Mundial, venent claus i cargols als alemanys.

»L'avi Anton Belaure, d'origen basc més o menys remot, era un home fosc i colèric, ressentit, autoritari. Arbitrari. Fatxenda, però avar. La relació amb l'Anton era pèssima: durant la infància s'havia basat en els mastegots, els crits i algun cop de cinturó. Quan el meu pare va créixer prou, de mida i en mala llet, per tornar-s'hi, l'avi Belaure va substituir els mastegots pel xantatge: "Ara et dono diners, ara et compro una motocicleta, ara et deixo el meu cotxe, ara t'ho prenc".

»Per a l'avi Anton, els Vidal eren uns hipòcrites falsos

i superbs, una gent amb qui mai hauria tingut tracte suposant que hagués pogut, perquè ells no el volien ni veure. L'antipatia entre famílies va ser instantània i visceral.

En Björn m'escolta amb els ulls molt oberts. Jo me'n faig creus d'estar explicant la història dels meus pares a un gairebé desconegut. Però ja no és un desconegut. Ara mateix compartim una bombolla en el temps, penso. I me n'adono que s'està fent tard.

—No t'avorreixes? Jo hauria d'anar passant cap a l'hospital, o ja no menjaré res fins demà.

—Una mica més, sisplau. Jo et faré sopar.

—Però si no hi tens res, a la cuina!

—Menjarem galetes. M'agrada molt la història. Sisplau.

—Si l'àvia Vidal era menuda i poderosa, glacial i distant, fins i tot (o sobretot) amb el seu home, l'àvia Belaure (la Dolors Sala) era callada i servicial, una estora posada als peus del seu marit i del seu fill. Silenciosa i tímida com una ombra, ella i la seva filla Doloretes, picada de verola, vivien per servir l'avi. Només va trencar la seva dòcil obediència per donar diners d'amagat al pare, els pocs que podia escaquejar, quan l'avi el va fer fora de casa. Perquè, i això sona romàntic però al final no ho va ser, als meus pares estar junts els va costar la relació amb les seves famílies. I el pitjor és que els avis van tenir raó: allò va ser un desastre sense pal·liatius.

—I a sobre els van desheretar, com a les novel·les antigues...

—L'avi Vidal va anar a veure l'avi Belaure, i li va demanar que prohibís al seu fill veure l'Eugènia. A l'avi Belaure li devia fer gràcia que el seu fill posés tan nerviosos uns carques com els Vidal, però la perspectiva de tenir-los de consogres el va horroritzar. I l'hi va prohibir. Però no era tan fàcil: la mama s'escapava de la fonda, el papa es colava al jardí (i potser també a l'habitació) i tots dos es van fer fonedissos al ball de festa major. Totes dues famílies eren estiuejants habituals, i sembla que aquell estiu van ser tema de conversa al poble. En un o altre moment de l'agost, tothom els va veure passant amb la moto, l'Eugènia agafada fort a la cintura de l'Anton, o en el seu cotxe, rient despreocupats.

»A finals d'agost, la mama va demanar permís als seus pares perquè l'Anton anés a demanar-la, ell sol, ja que el vell Belaure s'hi negava en rodó. Els pares d'ella van dir que ni pensar-hi, i a les habitacions llogades de la fonda hi va haver crits i alguna bufetada. Van tornar a Barcelona abans d'hora, tots amb cares llargues. Els avis, alleujats, van pensar que a Barcelona, mentre buscaven un gendre més apropiat, s'acabaria de dissoldre aquella fogonada d'estiu. Però...

—Però l'amor va ser més fort... —En Bjørn escoltava la història de la meva família, tan penosa, des del meu punt de vista, com qui escolta les peripècies d'herois i semidéus en una saga nòrdica: igualment remota, pretèrita i absurda.

—Però a finals d'octubre la meva mare, impertèrrita, li va dir a l'àvia que ara sí que els haurien de deixar casar perquè estava prenyada. La bufetada es va sentir fins a la plaça Tetuan, però l'Eugènia, impàvida, va mantenir el tipus sense deixar caure ni una llàgrima. Coneixent-la, juraria que ma mare estava contenta, pensant que se n'havia sortit amb la seva.

»El meu pare, que ja havia superat tots els límits de la paciència de l'avi, li va reclamar la llegítima i va marxar de casa. La mama també la va reclamar, encara que la seva llegítima va ser minúscula i en el camí hi va perdre l'aixovar, reduït a unes quantes tovalloles i llençols que ja corrien per casa i unes quantes peces que l'àvia i ella mateixa ja tenien brodades esperant un bon casament. Però no hi va haver un bon casament.

»Es van casar a finals de novembre, a l'església de la Concepció, un dimarts a les vuit del matí. Només hi van anar les mares, per separat i sense mudar, una minyona per cada casa —les més antigues— la tieta Doloretes, i els germans de ma mare. Els tiets encara fan mofa de la lletgesa de la Doloretes, a qui amb prou feines van saludar i que no han vist mai més...

—I...?

—I ho deixo aquí, que sembli un final feliç.

—Ara no em pots fer això.

—Sí, que t'ho puc fer. Que és tard i he d'anar passant.

—Però s'està molt bé. Queda't una mica més. Jo t'acompanyaré, i que les sísters em renyin a mi.

I aquí en Bjørn fa una cara suplicant que pretén trencar-me el cor, però em fa riure. I encara que em quedaria, no una estona més, sinó tota la nit i el que fes falta —i en tindria prou amb seguir mig a les fosques, asseguda al sofà, amb ell als peus—, m'aixeco i vaig a posar-me la jaqueta.

Ell em segueix, m'ofereix més te i galetes, recorda que encara no hem vist els llibres que ha portat de Noruega, diu que si sortim ens engolirà la tempesta i morirem. Però ha parat de ploure i soc inflexible i dic que no, que un altre dia.

I un cop al carrer, esperant l'autobús, em fa prometre que aviat li explicaré el final de la història. El cap de setmana vinent, potser?

—El final de la història soc jo, Bjørn.

—Doncs és un final ben feliç —diu. I m'acosta la mà oberta, i l'hi agafo i anem tot el trajecte agafats molt fort de la mà. I jo m'ho miro des de fora i penso que ara ja ha passat, i que m'és igual el que passi després.

20

El papa

Londres, abril de 1958

Tinc un record del papa assegut a la seva butaca, d'esquena a la finestra, llegint el *Ciero* amb la pipa a la mà. Deu ser un diumenge al matí. Va rondinant mentre llegeix, està emprenyat.

—Papa, estàs llegint el diari d'abans-d'ahir.

—I a mi què si és d'abans-d'ahir, com si fos de fa cinc anys: tot el que diu són mentides. —Tanca el diari violentament, el llença a terra i agafa el llibre que ha portat del quiosc: *La ciudadela*, d'A. J. Cronin. Pocs segons després ja no hi és: és a Gal·les, arengant miners silicòtics. D'aquí una setmana me'l passarà, i jo, que sé que no puc ser metge, decidiré que vull ser infermera.

Llegint, el papa s'abstreu de tot el que té al voltant i diria que també de tot el que porta a dins. Diu que és la seva manera de viatjar. Potser per això, per donar-nos l'escapatòria que no ens podrà donar amb el seu sou, s'ha cuidat que també nosaltres ens refugiem en els llibres.

Això no vol dir que el papa hagi estat gaire per nosaltres. Fins que jo vaig tenir gairebé dotze anys va viure sempre fora de casa, i només ens veia algun diumenge de tant en tant, quan venia a buscar-nos per passar el dia plegats. Amb en Ton agafat a una mà i jo a l'altra, i les grans al darrere, emmurriades, anàvem a peu fins als banys de Sant Sebastià, si era estiu, o a fer llargues passejades per la ciutat. Anar amb el papa era emocionant perquè tenia una mica la inquietud de les coses prohibides i també perquè ens parlava com si fóssim grans. I era molt guapo: alt i fort, amb els ulls de color blau marí i els cabells —que havien estat foscos com els meus— clapejats de blanc. Anava vestit com els obrers, que és el que era —mecànic de motors— però amb un posat atlètic, elegant, en el qual encara s'endevinava el jove de la moto que havia enamorat la mama. Fins i tot aleshores, quan vivia fora i ens veia poc, sabíem que el papa ens estimava, a la seva manera, i aquest amor maldestre ens enorgullia, i el valoràvem —malgrat els retrets de les meves germanes— molt més que la distància distreta i malhumorada de la mama, que no ens havia abandonat mai.

De tant en tant anàvem al carrer Muntaner, a veure els «altres» avis, els seus pares, que vivien en una casa baixa. Ell ho feia per la seva mare i la Doloretes, la seva germana, perquè amb el seu pare no es parlaven. Quan l'àvia obria la porta, el papa pujava directament a la cuina i ella ens acompanyava a veure l'avi, que vivia a baix, en una habitació a la qual només podia entrar el Pinyatu, el seu gat, un gatot tigrat gras i esquerp amb tothom menys amb ell, que ens mirava amb ferocitat i bufava a qualsevol que se li acostés.

L'àvia Doloretes, que era silenciosa i insignificant, només entrava a la cambra per netejar i fer el llit. Feia molts anys que en aquella casa la mestressa feia el paper de criada, perquè tot i tenir molts quartos amagats sota el matalàs, que deia la mama, l'avi s'havia anat tornant tan garrepa que vivien com si fossin pobres de solemnitat. Les vacances a Aiguafreda, els cotxes i el *gasto* s'havien acabat amb la guerra, i encara que l'avi Belaure s'havia adaptat bé a la nova situació —ja no menjava capellans per esmorzar i per berenar, deia el pare— vivia atemorit que els entressin lladres o, pitjor encara, que un dia es presentés algú a expropiar-li els béns per la sospita que fos desafecte al règim. Aquells béns que protegia no es veien per enlloc, tot i que devia haver-n'hi, perquè el papa sempre preguntava a l'àvia com anaven els «negocis». Els negocis: estraperlo, préstecs, cobrament de lloguers, recomanacions...

—No hi ha ni un ral de decència, en aquella casa —deia el nostre pare, que escopia en sortir. Que l'avi volgués semblar pobre no impedia que el meu pare el tractés d'«escanyapobres».

El despatx de l'avi, que era a tocar de l'habitació, estava protegit de la llum del carrer per uns cortinatges espessos i foscos als quals ni ens acostàvem perquè el Pinyatu solia amagar-s'hi per atacar-nos amb una urpada ràpida i precisa així que veia un peu o una mà al seu abast. Era un despatx atapeït de caixes i paperots, llibres de comptabilitat i calaixeres misterioses, amb una gran taula de fusta darrere la qual devia escanyar amb les pròpies mans els pobres que deia el papa. N'amagava els cadàvers —ens imaginàvem— en un cofre metàl·lic tancat amb pany i clau que sempre tenia a l'abast.

D'aquelles visites no en trèiem res, a part del berenar:

uns petons tremolosos i atemorits de l'àvia, unes mirades desconfiades de la Doloretes —que era tan beata com eixuta amb tothom— i alguna frase solemne de l'avi, que en comptes de petons ens fotia calbots que devia considerar afectuosos i que ens feien tanta por com el seu gat. Mai no ens va donar cèntims ni regals, excepte la mona gegantina que anàvem a recollir els dilluns de Pasqua, perquè s'havia atribuït el càrrec de padrí i li agradava pensar que amb aquell pastís magnífic satisfeia generosament les seves obligacions. Li era igual si anàvem a buscar la mona amb unes sabates velles, mig obertes de la sola o amb un abric tan estret que amb prou feines es podia cordar.

Per sort les visites als avis Belaure eren sempre breus. Sovint s'acabaven abruptament amb crits i un cop de porta quan l'avi apareixia a la cuina i increpava el papa: «Què hi has vingut a buscar, tu, aquí?». Era el seu únic fill, a qui havia tractat i consentit com només es pot consentir l'hereu, però l'havia decebut tan profundament que ja no podia estimar-se'l: les hi havia fet massa grosses. La pitjor, deia, reclamar-li la llegítima en vida, cosa que considerava una traïció imperdonable. Quan va morir l'hi va deixar tot —que era força— a la Doloretes, amb l'encàrrec que se'n gastés una bona part en misses.

—Ell sabrà què ha fet per necessitar-ne tantes —va dir el papa, que no va anar ni al funeral.

La Doloretes, que era soltera i no tenia ningú ni s'havia estimat mai ningú, va deixar a les monges el que havia sobrat de les misses.

Quan el papa venia a buscar-nos, la mama procurava no ser-hi: ens deia que no el volia veure perquè li havia fet molt mal. En teoria era un secret, però tots sabíem que havia marxat, quan en Ton era un nadó, amb la minyona que teníem a casa, la Nati. Que s'hi havia «fugat», deien. Els vèiem sortint per la finestra a mitjanit, despenjant-se per una corda sense fer soroll, i posant-se a córrer així que tocaven el carrer. Ell, amb un abric i una gorra que li tapava els ulls; ella com una vedet del Paral·lel, amb el vestit de plomes tapat amb una capa i un farcell penjant de les espatlles. Un sereno els perseguia. A la nostra pel·lícula, que la Muntsa i la Nuri anaven perfeccionant amb detalls cada cop més escabrosos, la mama es despertava a mitjanit, els cridava per la finestra i s'abraçava plorant al bressol d'en Ton amb les tres nenes arrapades a les faldilles. M'ho imaginava i em venien llàgrimes als ulls.

Quan tenia deu anys vaig conèixer la Nati, la minyona fugada. No en tenia res, de vedet, pobra. El papa ens la va presentar un d'aquells diumenges.

—Avui pujarem a les golondrines —ens va dir.

I quan vam arribar al port, sota l'estàtua de Colom, excitats i atemorits amb la perspectiva d'embarcar-nos, una dona alta i forta, morena, amb la cara vermella i les mans gastades de fregar escales, se'ns va acostar amb un somriure tímid. El pare ens la va presentar com «la Nati», sense més explicacions. Portava galetes i xocolata per berenar i semblava molt cansada. Gairebé no va dir res, intimidada per la mirada ferotge de la Nuri i la distància altiva de la Muntsa, que amb prou feines la va saludar. Vam seure a coberta. Dúiem poca roba per tant vent com bufava mar endins, i en Ton aviat es va posar a tremolar.

El papa li explicava a la Nati, amb forçada naturalitat, el camí que havíem fet fins a Colom, demanant-nos que l'ajudéssim com qui demana almoina, però no hi va haver manera que entréssim en la conversa. Era massa estrany ser en aquell vaixell de broma, amb famílies de veritat i avis i nets, i parelles de nòvios agafats de la mà, al costat del papa i una dona desconeguda que se li agafava al braç, amb cara d'estar passant un mal tràngol.

En el punt més llunyà de la travessia, quan jo mirava un veler amarrat al moll, desitjant amagar-m'hi a la bodega més fonda, en Ton va començar a vomitar.

—Vigili el seu fill, senyora, que ha estat a punt de tacar-me les sabates! —li va dir una dona a la Nati.

Les meves germanes ja s'havien atrinxerat a l'altra banda de coberta, parlant-se a cau d'orella, i mentre jo netejava en Ton amb el mocador del papa, sentia com ell s'encarava a la dona, seriós i contingut, demanant-li una mica de paciència. La que no ens podia demanar a nosaltres ni a la Nati, silenciosa i trista, com si ja intuís en el fracàs d'aquella sortida que allò, tot plegat, era impossible. Quan vam tornar a terra ferma el paquet de galetes i la xocolata seguien intactes. Vam travessar fins a la Rambla amb pas insegur, tots mig marejats. En Ton somicava que volia tornar a casa. Davant del retratista, que tenia cua de parelles per fer-se la foto, la Nati va acomiadar-se precipitadament.

—T'espero a casa —li va dir al papa, i ell, a l'últim moment, ens va demanar que li féssim un petó, que ni la Nuri va tenir esma de negar-li. El que la Nati em va fer a mi era càlid, de veritat, potser perquè havia estat l'única, sense moure'm del costat del papa, que havia respost les seves preguntes sobre l'escola. Vaig mirar com marxava a poc a poc cap a les drassanes, i quan es va girar per última vegada a mirar-nos li vaig fer adeu amb la mà.

Jo, a la Nati, ja no la vaig veure mai més. La Nuri, sí, però potser quaranta anys després, quan la van fer directora del mateix hotel de la Rambla de Catalunya on havia començat com a aprenenta. La dona que havia fugit amb el meu pare a finals de la guerra n'era una de les cuineres, ja a punt de jubilar-se. Se la veia revinguda, molt més segura, amb els cabells molt blancs. La meva germana no l'hauria coneguda si no fos perquè ella mateixa, la Nati, va anar a saludar-la.

—Se'n recorda de mi, senyora Belaure? Em dic Nativitat Pons. La Nati.

La Nuri la va mirar, intentant recordar on havia vist aquells ulls foscos que demanaven reconeixement. I potser reparació, va pensar després.

—Ens vam conèixer a les golondrines, vostè era molt petita.

Diu la Nuri que tota la seqüència d'aquella tarda li va venir al cap de sobte.

—Oi tant, Nati!, ara sí que me'n recordo.

—Vaig saber que el seu pare va morir, ja fa molt temps. Em sap greu. Era molt bon home.

—Sí que ho era, Nati. Gràcies.

La Nuri no va saber gaire quina cara fer. No se't presenta cada dia a la feina un espectre de la infància. La Nati ho devia entendre.

—Només volia dir-li això, i que jo no els volia cap

mal. El seu pare va patir molt. Perdoni si li he portat mals records.

Per una vegada la Nuri no va ser ferotge. La va cridar quan ja s'havia girat per marxar:

—Nati, a mi també em sap greu el mal paper que li vam fer. No li guardem cap rancúnia, l'hi dic de veritat.

Quan ens ho va explicar, a la Muntsa i a mi, semblava alleujada. Però tot això passarà d'aquí molts anys, ara encara no ho sé i el record de la Nati em porta pena i ràbia, si hi penso.

Un any i mig després de la tarda de les golondrines el papa va tornar a casa i es va instal·lar en un catre a l'habitació d'en Ton. Encara va tornar a marxar unes quantes vegades amb un cop de porta enmig d'alguna discussió especialment forta. Mai no ens deia on anava, i mentre durava l'escapada sopàvem en silenci, abatuts, perquè teníem por que no tornés. En Ton estrenyia els punys, amb ràbia, i tenia llàgrimes als ulls. La mama feia un posat indiferent, com si no anés amb ella, i la Nuri la mirava furiosa, fins que, sense avisar, el papa acabava tornant a casa amb la cua entre cames. I dies o setmanes després, quan sentia la clau d'ell al pany, la mama somreia sarcàstica, i deia «Ja trigaves», o alguna cosa així, i continuava amb el que estigués fent. Que jo sàpiga, però, el papa no ha tornat a tenir cap amiga des de la fugida amb la Nati. No sé quin acord tenien: la mama no va deixar mai d'arreglar-se per sortir sola algunes tardes a la setmana, i ell no li va retreure mai aquestes sortides, que acabaven a l'hora de sopar. Tampoc no li va preguntar mai, almenys que nosaltres ho sentíssim, on o amb qui havia anat.

Ara que soc a Londres el papa no m'escriu mai. Si de cas, un parell de frases en una carta d'en Ton o de les meves germanes, per dir que tot va bé i que em troba a faltar. El que jo trobo a faltar més d'ell és la mica de complicitat que tenim, sense paraules, i la seva veu: una veu greu, preciosa, com la d'en Ton, que té una oïda excel·lent i cantarà una temporada al cor del Liceu. Hi ha dies que tinc la temptació de trucar a casa, però no ho he fet mai, i si sentissin el timbre del telèfon, s'espantarien.

Tot això li he explicat a en Björn aquest matí, un dissabte d'abril que plou i fa sol, caminant a la vora del riu. Li havia demanat que em fes fotos per enviar a casa, i ha omplert un carret de retrats on dec sortir despentinada, desenfocada, embolicada fins al nas —vermell com un tomàquet— amb la bufanda d'ovella noruega. I rient, gairebé a totes, perquè em feia riure. No crec que a la mama li agradin. Ella volia fotos solemnes, en les quals jo sortís vestida d'uniforme i a la porta de l'hospital.

És estrany parlar dels meus pares amb en Bjørn mentre sincronitzem el pas per anar a frec i ens aturem quan ningú no ens mira per fer-nos un petó. Fa mesos que ens en fem. El primer va ser just abans de Nadal: ell marxava l'endemà a Noruega a passar uns dies a casa. Sabíem que el petó era imminent, però havíem anat al cine i no ens hi havíem atrevit. I quan m'acompanyava de tornada a l'hospital, uns metres abans de la porta, tots dos ens vam aturar en un racó mal il·luminat, amb el cor a cent, i el petó va venir sense parlar-ne. Era allà, esperant que ens decidíssim, però va ser curt i mal girbat. O van ser curts i malgirbats, perquè potser van ser més d'un.

—Espera'm, eh? Que això ho hem de perfeccionar quan torni —va dir en Bjørn.

—Doncs si no practiques tu pel teu compte, malament, perquè jo sola no n'aprendré.

Ni ell va practicar a Noruega, que jo sàpiga, ni jo tampoc, però des que va tornar a mitjans de gener, hem millorat molt. Continuem parlant hores i hores, descobrint la ciutat i visitant el mico i la mòmia, però ara també seiem en bancs apartats, busquem l'ombra dels arbres i els racons foscos.

21

Adeu, síster Parker

Londres, novembre de 1958

M'han vingut a buscar a mig matí. La *matron* Campbell, molt seriosa, m'ha fet sortir al passadís.

—La síster Parker s'està morint —m'ha dit—, no crec que passi d'avui. Li pot fer companyia?

—Jo? Per què jo? No té família? Potser podem avisar algú més pròxim...

La Campbell no s'ho ha pres bé:

—Si li fa cosa estar-s'hi, busco una altra infermera.

—No, no, ja m'està bé —dic—. Vull estar amb ella.

—La síster Parker no té família propera. Ha dit el seu nom molt clarament. Avisi'ns quan... quan li sembli que ens ha d'avisar. Ens trobarà aquí.

A finals de novembre l'hospital està col·lapsat, com sempre. Els pisos del barri són freds i humits, i els veïns emmalalteixen més, o ho fingeixen, per estar calents. Hi ha molta feina.

La Parker és en una habitació petita, a l'ala d'infermeres. Sé on és perquè els últims dies hi he passat uns quants cops. Fa molt poc encara la podia reconèixer: la mateixa cara que em va obrir la porta el dia que vaig arribar a l'hospital. Ara ja no. El seu cadàver ha ocupat el llit abans d'hora.

Està groga, el rostre deixa veure perfectament la conformació del crani, com si algú tibés la pell. Respira amb dificultat. Quan em veu aixeca una mà seca com una urpa i la deixa caure al costat; entenc que em reclama a prop. Acosto la cadira al llit, m'assec.

—Com es troba, síster? Una mica millor, avui?

Parla tan fluix que m'hi he d'acostar molt. Fa olor de medecina, no de mort com jo pensava.

—M'estic morint, Anita. Queda't amb mi, sisplau. No serà gaire estona.

Tinc la temptació de dir-li que no és cert, que millorarà, que encara li queden molts malalts per cuidar, que aviat podrà sortir a fer un passeig. Però a ella no la puc enganyar: ha vist moltes més morts que jo, i jo sé que aquesta és imminent.

—Vol que li agafi la mà, síster?

Diria que intenta somriure, però queda en un gest de calavera que sempre —i he de veure moltes més morts— buscaré en els agonitzants.

Li agafo la mà. Sense estrenye-l'hi, tinc por de fer-li mal. És com una pota d'ocellet. S'ha fet petita en totes les dimensions, aquesta dona imponent. Tanca els ulls i jo aprofito per mirar al voltant. L'habitació és en penombra. Només un llum petit, sobre una tauleta a l'altre extrem, ens permet veure'ns les cares. I quan la torno a mirar, ella m'està mirant a mi. Em demano què deu veure. Hi ha coses que li vull dir, però potser és tard.

—Síster, no oblidaré mai com em va rebre quan vaig arribar. Potser me n'hauria anat, si no...

Em talla en sec.

—No diguis bestieses.

M'he d'ajupir per sentir-la. La miro als ulls, sorpresa.

—Jo no soc gaire valenta. Ja ho sap.

Torna a provar de somriure. M'estreny una mica la mà i tanca els ulls.

—Quin cansament —diu—. Sort que ja s'acaba.

Passa ben bé una hora així, amb els ulls tancats, respirant sorollosament, com si agafés forces per marxar. Jo tinc la mà agafada i no la puc deixar anar, tinc mal d'esquena. Hi ha l'historial mèdic sobre la tauleta de nit, i amb l'altra mà l'obro per la primera pàgina. La síster es diu Carolyn. Jo no ho sabia. Només conec les sísters pel cognom.

Em sap greu. Carolyn és un nom alegre, el nom d'algú sociable, que té família i un jardí i fa galetes i pastissos. Però la síster no té res d'això, gairebé cap de les veteranes té família pròpia. O el que és pitjor, la seva família som nosaltres, però hem d'esperar que es morin per saber-ho.

«Ara morirà donant la mà a una desconeguda», penso. «Què en sap, de mi?» M'imagino vella en aquest mateix llit, agafant la mà d'una infermera jove. He perdut el compte dels anys que soc aquí, no tinc família. Els ulls se m'han omplert de llàgrimes, no sé si per ella o per mi, i en aquest moment ella obre els seus.

—Plores com quan et vaig conèixer —diu. Em deixa anar la mà.

—Perdoni.

—No ploris mai davant d'un malalt, que s'espanten.

—Vostè no és una malalta qualsevol, síster.

Sembla que s'ha revifat. Fora, als passadissos, hi ha silenci.

—Gràcies, maca. Ara sí. Però t'ho agraeixo. Està bé que em plori algú.

—Jo la ploraré.

Em vol dir alguna cosa.

—Te n'hauràs d'anar. No és un bon lloc per a tu.

—Tornar-me'n a casa, vol dir?

—No, on sigui. Tingues família. Tingues casa teva.

S'ha cansat, respira amb més dificultat. Torna a obrir la mà perquè l'hi agafi.

—Jo vaig tenir una filla, enterreu-me amb ella.

Em demano si delira.

—Al calaix del meu armari hi ha els papers de l'enterrament. Fa molts anys. Vull estar al seu costat.

Em sembla que no delira.

—No pateixi, jo me'n cuido.

—Les altres sísters no ho saben, explica'ls-ho.

Carolyn Parker, infermera veterana a Rotherhite, mare d'una filla. Pot ser? Les infermeres no tenen fills.

—Dona'm aigua.

És una ordre. Li acosto el got, beu un glop i s'ennuega una mica, la incorporo.

—Es deia Lucy. Ara tindria la teva edat.

—Faré el que m'ha dit, síster.

—Això està bé.

Torna a tancar els ulls.

No m'equivocava quan confonia les sísters amb monges. Sense la maldat retorçada de les meves monges, però igualment hermètiques. Les sísters també amaguen secrets sota l'uniforme.

—Potser deliraré, no em facis cas.

Faig que no amb el cap.

—No cal que cridis a ningú, hi ha molta feina. Avisa quan hagi passat.

Faig que sí amb el cap.

—Vol parlar amb el capellà?

—No. —En això és terminant.

M'agafa la mà més fort. Deu minuts després torna la Campbell, amb el gest adust habitual.

—Com es troba?

Miro cap a ella, que dorm o fingeix dormir. Intento un gest de «tot segueix el seu curs».

—Si vol marxar demano que vingui algú altre... Però estem amb l'aigua al coll.

Faig que no amb el cap.

—No vol el capellà —dic.

—Ja hi comptava. No va mai a l'ofici, la síster Parker. Avisi'm si hi ha novetats.

Què en deuen saber, les unes de les altres?

Quan marxa, poso bé els coixins amb la mà que em queda lliure. La síster obre els ulls, ara una mica ennuvolats, i els torna a tancar.

Passa una hora lentament. Penso en en Björn quan riu. Com m'agrada que m'abraci, com m'agraden les seves mans, com em poso tensa sense voler si l'abraçada és llarga i necessito deixar espai per respirar. Com evito anar a casa seva si sé que estarem sols, encara que hi ha moments que ho desitjo més que res al món. M'ho trec del cap, no voldria que la síster em sentís els pensaments: potser els agonitzants ja no són del tot dins del seu cos.

La respiració de la Carolyn Parker és dificultosa, amb

una ranera cada cop més audible. Obre els ulls algun cop i em mira, cada vegada de més lluny. Com si es volgués assegurar que encara hi soc. Potser ha perdut la connexió amb la mà que agafo.

Se sent la remor dels carros del berenar. De tant en tant alguna infermera de les grans s'atura a la porta, o entra i mira una estona en silenci.

Ara m'agradaria ser la filla de la síster Parker. No per mi, per ella. Que fos la mà de la Lucy la que agafés en morir, amb aquesta urpa seca, groga, tota ossos, que s'aferra a la meva.

Voldria creure que hi ha cel, i que ella l'està esperant. Una nena amb un vestit blau que li obre els braços i li diu: «Mare». Es fonen en una abraçada i marxen juntes ves a saber on. I ella li va dient: «Vine, petita, t'he trobat tant a faltar!, t'he d'explicar tantes coses!». Li estrenyo una mica la mà, i no respon.

A les set, quan acaben el torn, avui molt més llarg, venen la Júlia i la Mercedes. Es queden aturades a la porta. La Mercedes es posa a plorar. Les miro com si tornés d'un viatge molt llarg, i deixo anar la mà un moment.

—Vols que ens quedem amb tu? —em pregunta la Júlia—. No, no —responc. I si desperta i em vol dir alguna altra cosa?

La síster fa un moviment sobtat, obre els ulls —que ja no hi veuen, crec— i obre la mà.

—Lucy —diu molt clar.

Li torno a agafar la mà, els faig un gest perquè marxin.

—La Campbell tornarà en qualsevol moment —dic. Sé que ahir va renyar la Cedes perquè la va enganxar al carrer acomiadant-se d'en Terry. «Està sent indigna de l'uniforme», li va dir. Se'n van a contracor, la Mercedes mocant-se sorollosament.

—Lucy —torna a dir.

Jo soc la Lucy, ara. Li acarono el braç.

—Descansa, descansa... —Penso a dir «mare», però no goso.

Mou els llavis, està cridant la Lucy.

«Ja ve la Lucy a buscar-la, síster», penso. Em sembla que ho dic, molt baix. Tant de bo fos així. Potser la veu. Potser és aquí, invisible per a mi, al meu costat, esperant-la. Tinc idees sobre la mort, ja sé que són estranyes, però a mi em conforten.

La ranera es fa més profunda. I de sobte, s'atura. Ha desaparegut el gest d'angoixa. Penso «ja està». I de sobte es mig incorpora, amb els ulls oberts, expulsa aire, i torna a deixar caure el cap. Literalment ha expirat. No he tingut ni temps d'espantar-me. Trigo uns minuts a picar el timbre, i mentrestant li poso bé els llençols, però no goso tancar-li els ulls. Li dic: «Ves, ves amb la Lucy». I de seguida entra la *matron* amb dues més.

—Ja està? No ens ha dit res.

—Ha sigut molt ràpid.

Tremolo, però no ploro. Les písters li miren els ulls i els hi tanquen, li prenen el pols, li posen una mà al pit.

—Sí, ja ha marxat, descansi en pau. —A la Campbell li falta temps per despatxar-me, com si hagués tornat de fer-li un encàrrec. Aquí ja li faig nosa.

—Gràcies, síster Belaure. Ja pot anar a descansar, nosaltres ens en cuidem.

M'aixeco i m'adono que tinc les cames adormides, em fa mal tot. Fa hores que no em moc.

—Matron, li he de dir una cosa.

—Demà, demà. Ara ens cuidem d'això i demà parlem. Ho ha fet molt bé.

—No, potser és important. L'hi he de dir ara. És una cosa d'ella.

Em segueix, contrariada, cap al passadís. Sé que les altres escolten.

—M'ha dit que vol que l'enterrin amb la seva filla.

—Quina filla? —Em mira de fit a fit, com si no entengués el que he dit, com si l'estigués enredant.

—Em penso que es deia Lucy. Va morir de petita. M'ha dit que al calaix hi trobaran els papers.

La matron em mira sorpresa.

—Devia ser un deliri, mai he sentit res de cap filla. La síster Parker era soltera. Jo hi era, quan va arribar.

De sobte estic molt cansada i només vull marxar.

—Mirin al seu calaix, sisplau. Ho ha dit molt segura. I ha mort demanant-la.

—D'acord. Ja ho mirarem. Vostè vagi a descansar, que s'ho ha guanyat.

L'endemà, quan obrin els papers, sabré que, efectivament, la nena es deia Lucy, i va morir amb tres anys. No gaire lluny d'aquí. De diftèria. L'any següent, la Carolyn Parker, que sí, que era soltera, va entrar a l'hospital. Al calaix hi ha una capsa amb un jerseiet, un sonall i els papers de l'enterrament. I una fotografia. A mig matí la *matron* em crida al seu despatx, i encara amb gest incrèdul, m'ensenya la capsa.

—Tenia raó. Hi ha una filla.

—La poden enterrar amb això? Ho va guardar sempre.

—Mirarem què s'hi pot fer.

M'he quedat un moment mirant la fotografia. És una nena somrient, amb els cabells arrissats, amb un llaç al cap, els ulls molt vius. Fa exactament el mateix gest amb què l'he imaginat: amb els braços oberts, espera una abraçada. A les fotos de fa tants anys fins i tot els nens s'estaven quiets, seriosos. Però la Lucy no, la Lucy somriu i mira la seva mare, que devia estar al davant. No m'estranya que la síster guardés aquesta foto.

A la capella hi ha moltes infermeres i alguns metges, però cap parent ni cap amic. Un cop al cementiri, sense dir res, em van empenyent suaument cap endavant, on les sísters més grans em fan un lloc. Anem totes d'uniforme, com si fóssim militars. Som al voltant d'una tomba amb una làpida blanca, a terra. LUCY PARKER, 1934-1937. FILLA ESTIMADA. Està neta i cuidada, amb un ram de flors marcides que devia portar ella mateixa quan encara sortia de l'hospital. Sabia que seria l'últim cop? La plaça reservada per a la síster —fa vint-i-quatre anys— és ben bé al costat, i allà l'enterren. Dins el taüt hi ha la capsa amb els records de la Lucy i la foto, que no vaig atrevir-me a demanar. Ningú sabrà mai més al món com va ser aquella nena, ni amb quin somriure abraçava la seva mare.

22

Norway House

Londres, desembre de 1958

En Bjørn m'ha convidat a la festa de Nadal de la «Casa dels Noruecs».

—Es com si et portés a casa dels seus pares —insisteix la Cedes, emocionada, que no ha anat mai a casa d'en Terry perquè els seus pares no la volen conèixer, i ara quan surt amb ell sovint torna amb els ulls vermells d'haver plorat.

La Júlia m'ha donat un capseta:

—Era per Nadal, però avui et farà més servei.

És un penjoll de vidre amb una cinta de vellut negre. Me l'he posat i va bé amb el vestit, que és vermell perquè fa festa i perquè és un dels colors de la bandera noruega.

—Et prendran per una compatriota, ja ho veuràs —diuen. No tenen en compte el petit detall que no parlo l'idioma, és clar. I que no m'agraden les festes.

A mesura que ens acostem a Piccadilly, on hi ha la Norway House, tinc més i més ganes de fugir corrents.

—No entendré res del que diguin, Bjørn. Avui seré jo la marciana.

Riu, no li dona tanta importància.

—Menjarem porc i xai, beurem com esponges i coneixeràs molts noruecs borratxos, que és quan són més simpàtics.

I sí, és així, però a més a més hi ha en Bjørn parlant en noruec, que és com veure un altre Bjørn. Jo he d'anar enganxada al seu costat, aquí soc del tot un zero a la seva esquerra: no els entenc ni sé el que he de fer, encara que quan se n'adonen, de seguida em parlen en anglès.

A l'hora de les postres tot es torna una mica confús. Les nadales han pujat de volum i la gent s'abraça amb entusiasme desitjant-se els uns als altres bon Nadal, bon Nadal, *god jul*. Temo que les espelmes provoquin un incendi, es veu que no seria el primer cop. En Bjørn m'ho va explicant tot a cau d'orella i ens costa aguantar el riure: molts dels seus companys de feina, habitualment circumspectes, duen les galtes vermelles i parlen molt alt, somrient d'orella a orella. Insisteixen a fer-me tastar tots els plats i el feliciten calorosament per la «nòvia», diuen, que ha trobat, «que ja era hora». Nosaltres riem i no diem res. «Nòvia»?

Ni tan sols n'hem parlat, d'això. El que som no té nom. No puc dir que «sortim», perquè això no té res a veure amb el que era sortir amb un noi a Barcelona. Nosaltres sortim a explorar junts la ciutat, jaiem a l'herba a llegir, competim a veure qui travessa més ràpid l'estany. Tenim frases i jocs nostres que no coneix ningú més, i una llista de coses odioses, i una de llocs on volem anar, però no sabem si hi anirem plegats. Ens ho expliquem gairebé tot. I a més ens abracem, i ens fem petons, curts i llargs, i aprofitem els racons foscos, els solitaris.

Però això té trampa. Perquè m'emprenya saber que tinc a l'abast aquest cos seu que m'agrada i em pertorba tant, però que no puc conèixer del tot, perquè no puc. Perquè sempre arriba un moment que em freno i m'he d'aturar. Suposo que és perquè soc com soc i vinc d'on vinc, i no podem triar amb què ens quedem de tot el que ens han ensenyat. Del que vaig aprendre amb les monges —que és poc— ho he refusat gairebé tot, però aquesta por encara la tinc. I ja sé que aquí ningú em mira, i que podria fer el que volgués. Però no puc, o encara no puc. Em sap greu, Bjørn. I sort que no em pots llegir el pensament, perquè ara mateix m'estàs mirant. Algú ha fet un discurs. Aplaudeixo i brindo un altre cop pel Nadal i per Noruega, que m'acull als seus braços, literalment.

Encetem una llarga conversa amb en Thorvald, un veterà de Bakke, «un autèntic enamorat d'Ibsen», diu en Bjørn, ja no sé si seriosament o no. Ell m'anima a explicar-li les meves teories sobre *Hedda Gabler*, reconec que temeràries, però no pas més que la deixatada història de la Hedda, a qui atribueixo sense manies gairebé tots els trastorns que es descriuen en el manual de psiquiatria de la Júlia. La Sophie, la dona d'en Thorvald, va fent que sí amb el cap, i després m'abraça tota sufocada, i m'estira perquè vagi amb ella cap a l'arbre, que envoltem en rotllana tot cantant. Dec haver fet el ridícul, parlant d'Ibsen, però ara ja no té remei. Alguna cosa em diu que l'any vinent no tornaré a aquesta festa.

Quan marxem, poc abans de mitjanit, en Bjørn torna a anar despentinat. Sortint, es treu la corbata i em passa el braç per l'espatlla.

—T'has divertit?

—Molt —dic—, mai no hauria dit que el Nadal noruec fos tan animat.

—Ni jo —confessa rient. Ja de camí a l'hospital, al pis de dalt d'un autobús ple d'anglesos beguts, fa cara d'enrabiat—. Odio el Nadal, em posa sentimental i trist, i és una merda. —Ja m'ho imaginava—. Apunta que per Nadal marxarem sempre a l'Orient Llunyà, o a un país musulmà, o a qualsevol lloc on no hi hagi espelmetes ni rens ni santaclaus ni merdes d'aquestes.

«A Barcelona», penso jo. Ric i m'hi agafo més fort per no caure.

Caminem en silenci de la parada del bus a la porta de l'hospital, però ens aturem una mica abans, al nostre racó fosc.

—Bon Nadal —em diu. Ell fa gust de vi calent i de canyella, i quan ens separem m'adono que m'ha posat un paquetet a la butxaca. És una agulla per a l'abric, un esmalt que representa un ocell amb les ales obertes i la cua punxeguda—. Un xatrac àrtic —diu—. No n'hi ha cap de tan bonic.

—Jo també tinc un regal per a tu —li dic mentre m'enganxa el xatrac a l'abric—, però te'l donaré demà a l'estació, quan te'n vagis cap a casa.

—I no me'l vols donar aquesta nit? —M'abraça—. Vine a casa, Anita, que és Nadal.

Voldria dir que sí però dic que no, i se'm representen les monges del Sagrat Cor rient amb els seus ulls petits.

—Saps que m'agradaria, però no. No puc.

No insisteix. En Bjørn no insisteix mai. L'endemà, quan li doni el meu regal —un llibre de Walt Whitman que desitjava fa temps— fingirà que li ha fet il·lusió.

23

Dinar de Nadal

Barcelona, Nadal de 1958

Sort que només han estat quinze dies a Barcelona, si fa no fa: de la vetlla de Nadal a la tarda del dia de Reis. Se m'han fet llargs. Molt més que el primer cop que vaig tornar a casa. I no per en Bjørn, que deu ser a Oslo amb el seu pare menjant-se un xai, ni perquè ara tot em sembli més gris, i més precari, ni pels meus pares, que continuen igual. Que potser fins i tot han fet un esforç, o és que estan contents de tenir-me, i per això procuren estalviar-me els crits i les males cares.

És que de sobte casa meva em fa angúnia. Com si abans no hagués vist el verdet i la floridura a les juntes de les rajoles del bany, el tacte del marbre de la cuina, el caos llefiscós que s'endevina al fons del rebost. Tota aquesta brutícia històrica i sense perspectiva de desaparèixer que em deprimeix tant. Ho podria fer jo, és clar. Si en els últims anys he netejat milers de culs desconeguts, com no he de poder canviar la cortina de la banyera. No em costaria tant fer una repassada amb salfumant, un cop de fregall a les rajoles verdes del vàter. Però em fa massa fàstic. Que bé entenc la mama, que per comprar una lliura i mitja de mongeta tendra es pot passar mig matí al carrer.

Provo d'imaginar-me com era el pis quan hi va arribar la mama amb nosaltres quatre penjats del coll, el gener del 38. No feia tant que el papa havia marxat. La mama diu que els mobles els van comprar els avis de segona mà, però ves a saber d'on els van treure. No crec que hagin estat mai nous. El pis era un femer, es veu: els antics llogaters se n'havien tornat al poble d'un dia per altre, escagarrinats per les bombes. L'àvia va fer pujar una minyona per netejar i un mosso de la botiga del tiet a muntar els mobles, i aquí es va acabar l'ajuda. Els meus avis no hi han pujat mai. A la mama li devia semblar un palau un parell de dies, fins que va entendre que se n'havia de cuidar ella. Ja no hi havia criada.

Tinc un record molt prim de quan dormíem tots junts, com gatets al voltant de la mare. Era un bon record fins que la Muntsa em va dir que si la mama ens feia dormir a qualsevol hora del dia era perquè teníem gana. I que si quan dormíem sonaven les sirenes —cap al final de la guerra— ja ni es bellugava, com si busqués que rebentéssim tots sota les bombes. No l'hi retrec, això. Devia ser molt pitjor córrer al refugi amb en Ton penjant del pit, una nena a cada mà i l'altra aferrada a les faldilles.

Algun dia aquest pis ronyós va ser un pis nou, i algú el va estrenar. Devia fer molta il·lusió, encara que fos un pis fosc i estret. M'agradaria veure'l amb ulls de núvia: acabat de pintar, les rajoles noves i brillants, la cuina minúscula amb una finestra al celobert, tan fosc gairebé com el forat de l'escala. Sempre que he visitat un pis nou m'he parat un moment a pensar com serà cinquanta anys després, quan s'hi hagin espatllat unes quantes vides a dins, quan a les seves habitacions s'hi hagi estimat, i s'hi hagi plorat, i hi hagi arrelat la rutina, o la desgràcia, com arrela la calç a les canonades. Serà com aquest, suposo, encara que aquest s'ha espatllat més de pressa perquè ningú se l'estima gaire.

I, no obstant, he tornat a casa, i no hi ha dubte que aquesta és casa meva, que podria caminar-hi amb els ulls tancats de la porta a la galeria sense ensopegar. Quan era a Londres, algun dels pocs moments que m'he enyorat, ajaguda a les fosques al meu llit de l'hospital, m'imaginava que era a casa. Que estirava el braç i tocava la tauleta de nit, el despertador de la mama, que sempre he conegut espatllat i que no ha fet arreglar mai perquè no li calia; encara hi és. Als peus del llit l'armari que no tanca del tot, a vessar de roba vella que mai no es posa. Les sabatilles que deixa en un racó. El seu cos girat d'esquena, al meu costat. Un cos —el de la mama— que no he abraçat mai.

Si em concentrava el podia ensumar, el pis. He tornat a acostumar-me de seguida a aquesta olor que m'avergonyia de petita i que és de tancat, de col bullida, de naftalina, de gent no gaire feliç. Tan diferent de l'olor de casa els avis, amb bossetes d'espígol als armaris i sabó, i de roba neta. I tampoc no és que semblin gaire feliços, però dubto que la meva àvia hagi pensat mai en la felicitat.

El dia de Nadal la Muntsa va fer fotos amb la càmera que li ha regalat l'Alfons. És l'últim Nadal que passa a casa. Potser les va fer per enyorar-se'n, però més aviat li serviran per no penedir-se mai d'haver marxat, perquè són un poema: tots al voltant de la taula, a l'hora dels torrons, amb cara de no saber què fer, l'avet esqualid al fons, els pares mirant cadascun cap a un costat. Han sortit fosques, però no és culpa de la càmera. És que a casa és fosc. Vull pensar que estàvem tristos perquè la Muntsa es casa i és la primera que marxa. Perquè encara que no estiguem bé i no sigui una llar feliç —quina mania amb la felicitat— és l'única que tenim, i l'única família que tenim, i si la Muntsa marxa és com si s'hagués obert la porta i ja comencéssim a desfilar. L'any vinent, segurament, serà la Nuri, i només quedarem en Ton i jo. I si jo em quedo a Londres només quedarà en Ton, i no vull pensar els Nadals que l'esperen. I això afegeix llenya als meus dubtes. Com deu haver anat, el Nadal d'en Bjørn?

Quan es va haver acabat el carret de fotos, la Muntsa, la Nuri, en Ton i jo vam marxar a «les dominiques», a la missa del gall, amb la mama, i el papa —em sembla que alleujat— es va quedar sol a casa, llegint un diari de feia dies.

24

Me n'he d'anar

Londres, gener de 1959

Quan he vist baixar en Bjørn del tren a Victoria Station he sabut que alguna cosa no anava bé. No sé per què. Potser ha estat una vacil·lació a l'esglaó, una milionèsima de segon de titubeig, un aturar-se a agafar aire abans de tocar terra. Però llavors ens hem abraçat, ens hem tocat els llavis en un petó ràpid i hem sortit caminant frec a frec de l'estació. Hem rigut: competíem a veure qui ha passat un Nadal més miserable, a veure qui ha llegit més, qui té més mandra de treballar demà. Doncs si tot va bé i és normal, per què sento aquesta sirena? De quin bombardeig m'avisa?

—Estic plegat de tant de tren! Anem a estirar les cames una estona?

En la seva veu hi ha el senyal gairebé imperceptible d'un canvi, d'una decisió presa. Una notícia que no m'agradarà, i que no sap quan donar-me, ni com. Aquest aire fred —que no és la brisa humida del carrer— m'està avisant. Ens està avisant. Perquè ell també ho sap, que ho sé.

Agafem el metro i anem al parc, a Saint James, «a saludar els esquirols frenètics i les oques», diu.

—A elles també les he trobat a faltar.

—Ah, sí?

—Però a tu més.

M'agafa fort el braç. Amb tanta gent al voltant no ens podem abraçar com voldríem. Amb aquest forat a la boca de l'estómac, tampoc.

Hem vingut a caminar, però seiem en un banc de fusta davant del llac, un banc amb dedicatòria, com la majoria dels bancs dels parcs: EN MEMÒRIA D'ANNE ROW, 1915-1950. SEMPRE SERÀS EL NOSTRE ESTEL. En un altre moment en Bjørn i jo jugaríem a inventar una vida per a l'Anne Row, com fem sempre amb els «esperits dels bancs». Avui no. Enmig de l'estany, al seu monticle de rocs, s'avorreix una parella de pelicans.

—Vigila el que dius: són soviètics —em diu en Bjørn a l'orella. I sé que és veritat, perquè en vam llegir la història en una guia. Però avui no sembla que ens espiïn. Tampoc no venen ni les oques ni els esquirols, i jo no vull esperar més.

—Va, digues el que sigui que m'has de dir.

—M'envien al Brasil. A obrir una fàbrica.

Callo una estona, perquè no sé què dir.

—Al Brasil?

Fa que sí amb el cap.

—També hi deu haver pelicans, al Brasil...

Somriu una mica.

—Només un: el pelicà bru.

—I quan te'n vas?

—Aviat. D'aquí quinze dies.

Faig que sí amb el cap, sense mirar-lo, i li agafo la mà.

—Felicitats. És una bona notícia.

Ell fa que no amb el cap, ho veig de cua d'ull. Ho veig a través d'un tel de llàgrimes que desdibuixa el ocellots asseguts, indiferents a l'abisme que se m'ha obert dins el pit. Ja no descobrirem la selva junts.

—Em sap greu. Em sap greu.

Aquest «em sap greu» em diu que no hi pinto res, jo. Que se'n va sol, i se'n va per molt de temps. M'agafa fort per l'espatlla, però jo estic inclinada endavant, no vull que em vegi els ulls.

—No et sàpiga greu, és una bona notícia. Sempre has volgut anar-hi, és genial —dic.

—Sí i no —reconeix—. Però igualment he dit que sí.

—És clar.

No hi havia de ser sempre, ja ho sé. Però havia començat a pensar que aquell món que havíem de descobrir el podíem descobrir junts. I ara veig que no.

Les amigues no ens poden estalviar les llàgrimes, però aquesta nit la Cedes, la Flora i la Júlia han canviat els torns per poder abraçar-me mentre plorava.

25

No ens quedarà ni París

París, 7 de febrer de 1959

En Bjørn va marxar de Londres el 7 de febrer de 1959. Dues setmanes després —amb els exàmens fets i el títol d'infermera anglesa a la butxaca— jo tornava a Barcelona per al casament de la Muntsa, la meva germana gran. De camí, em vaig aturar a París, on ell feia els últims preparatius abans d'embarcar-se cap al Brasil en un vaixell carregat de maquinària. Havíem quedat d'acomiadar-nos allà.

Vam passar dotze hores junts, la majoria a la pensió on ell dormia: de les vuit del vespre de dijous a les vuit del matí de divendres. Sembla mentida com en tan poc temps es poden dir tantes coses, i tan contradictòries. En Bjørn em parlava, em mirava i m'abraçava com si m'estimés, crec. I jo a ell. Va ser desesperat: més dolç i bèstia i trist que mai. Vam parlar de coses de què no havíem parlat abans, però no vam fer coses que no havíem fet encara. I no les vam fer —no *ho* vam fer— perquè ell no va voler. A mi ja m'era tot igual: les monges, les sísters, assemblar-me a la mama o anar a l'infern en què no creia.

Però va ser ell: «És massa tard, Anita». Se n'anava al Brasil, que era la fi del món, i no se'n volia anar així, no sé si amb aquest últim record, o pensant que jo m'havia traït per ell. «Doncs quina merda de París que ens quedarà», pensava jo, rient i plorant, recordant la tarda que vam veure *Casablanca* junts a Londres, en un cine tronat, acabant-nos les xocolatines que duia a la butxaca de l'abric.

I després, ja de matinada, quan potser ja no sabia què dir-me, va canviar de cara i va confessar que no m'estimava, «o no tant». Que havia estat bonic i divertit, però mai no havia pensat en mi com una companya per sempre. «Potser ja ens tornarem a trobar.» Que hi havia pensat molt, i n'havia parlat amb el seu germà, i havien coincidit que això nostre no podia aturar el curs de les coses. Que «la vida ha de seguir». Que érem massa joves, que teníem poc a veure, que no aniria bé. Que en tindríem un bon record. Que al cap i a la fi —i era del tot cert— no hi havia hagut mai cap compromís. Que ja m'escriuria.

No sé si me'l vaig creure, perquè a la porta del tren vam tornar a besar-nos, molt fort. Teníem la cara xopa de llàgrimes, o potser era de la pluja, perquè plovia molt. Quan vaig pujar i vaig seure sola al meu compartiment el tren ja arrencava. Des de l'andana en Bjørn va posar la mà al vidre i em va cridar alguna cosa que no vaig sentir. Quan jo hi vaig posar la meva, des de dins, només vaig sentir el vidre fred.

Vaig parar de plorar a Portbou, exhausta, per menjar-me un entrepà. I perquè no volia que a casa em veiessin arribar com una «eccedona».

SEGONA PART

BARCELONA

26

Una boda i un accident

Barcelona, març-agost de 1959

La maleta grossa, els llibres i la meva roba d'estiu es van quedar a Londres per sempre. Ja no vaig tornar a l'hospital mai més. Però el matí del 7 de febrer, quan en sortia amb el cor encongit, encara no podia saber-ho. Tampoc no podia saber que no em tornaria a posar l'uniforme d'infermera, ni aquí ni allà. Sense pretendre-ho, havia tancat una altra etapa de la meva vida. Però no va ser per en Bjørn. O no només per ell i per l'enyorança enorme que en tenia. Si em vaig quedar a Barcelona, després de la nit a París, és perquè es van complicar les coses.

La nit abans de casar-se la Muntsa, les tres germanes vam tornar a compartir els dos llits on dormíem de petites. En Ton va venir una estona amb nosaltres; estava molt tocat. Es va ajeure al costat de la Muntsa, que li acaronava el cap, com feia per adormir-lo quan era un nen espantadís que plorava i plorava fins que la mama, farta, se n'anava a dormir dient que tenia mal de cap. En Ton li va demanar permís a la Muntsa per cantar a l'església: s'havia preparat l'*Ave Maria* de Schubert, «encara que ja sé que ni tu ni l'Alfons sou gaire religiosos... ni jo, vaja, però és bonic, i com que tu no tens moto...». Les meves germanes van esclatar a riure: a l'Alfons, en Ton li havia regalat la promesa de reparar-li la moto cada cop que se li espatllés. La Muntsa el va abraçar.

—D'acord, però pobre de tu que desafinis.

Havíem quedat que no ens faríem regals que costessin gaires cèntims: jo els havia portat unes figures de porcellana, que m'havia costat Déu i ajuda mantenir senceres durant el viatge amb escala a París, i la Nuri, que ja era recepcionista a l'hotel on treballava, els havia regalat una habitació per passar la nit de noces abans que marxessin cap al Pirineu.

La Muntsa havia preparat el casament amb la mateixa disciplina amb què portava els comptes de l'estudi publicitari on treballava, sempre arran de la ruïna. Fins i tot havia escollit el vestit que duria la mama, un vestit jaqueta blau que va fer la modista del tercer i que va pagar ella mateixa «per assegurar-me que no hi haurà sorpreses».

Quan en Ton se'n va anar a dormir, esgotat per la feina i els entrenaments a la piscina, la Nuri va proposar que apaguéssim la llum, «que demà hem de fer bona cara, noies». La Muntsa, amb els ulls aigualits de sobte, va demanar-nos que esperéssim un moment.

—Us recordeu d'aquella promesa que vam fer de no casar-nos mai?

És clar que sí, per això no n'havíem parlat.

—Us la volia recordar, ara que estic a punt de trencar-la... Em sembla que amb l'Alfons no m'equivoco, però hi he pensat molt. I si a mi em passa com als pares?

Potser no sabré fer-ho bé, ningú m'ha ensenyat com és una casa normal.

Ens vam quedar callades una estona. Jo sí, que hi havia pensat, però no vaig saber què dir. La Nuri suposo que tampoc, perquè es va girar de cara a la paret i va dir:

—Au, ves a la merda, Muntsa! —I va apagar la llum—. I fes el favor de dormir, que demà estaràs horrible.

Jo, que no podia dormir, em vaig quedar pensant que quan es casés la Nuri, l'any següent, ja no hi seria la Muntsa per passar l'última nit juntes. I em va saber una mica de greu haver-me perdut aquells tres anys i mig amb les dues úniques persones del món a qui podia enviar tranquil·lament a la merda. Però llavors m'hauria perdut els anys a Londres. Potser encara seria l'Anita d'abans. Quina llàstima, tenir només una vida i que sigui tan curta.

L'endemà, un cop a l'església, vam aconseguir no semblar nosaltres: els pares havien pactat un armistici; la Nuri va contenir la seva ferocitat jo, la meva tristesa, i en Ton, tímid com sempre, va cantar l'*Ave Maria* amb veu poderosa, però amb un sentiment que feia plorar les pedres. Més que la cançó em va commoure fins a les llàgrimes adonar-me que s'havia fet gran, i que jo m'ho havia perdut. La Muntsa, exultant, era la més tranquil·la. Duia un vestit que li havia regalat l'àvia Anna, i mai l'havíem vista tan bonica, encara que jo —que no podia dormir— l'havia sentit com donava voltes tota la nit.

La família es va prendre les meves llàgrimes —tan poc freqüents— com la confirmació que tot anava bé.

—Fins i tot l'Anita ha plorat —explicava la mama—, ha estat un casament rodó.

I ho va ser. Encara que jo tingués el cap a l'altra punta

del món, encara que el papa portés la Muntsa a l'altar com si la portés al sacrifici, encara que la mama sobreactués la seva emoció fins a deixar xops un parell de mocadors, més de mocs que de llàgrimes.

Un casament massa rodó per a l'àvia Anna, que ens escrutava amb els seus ullets gèlids, un per un, sense un mil·ligram d'afecte: el nostre orgull era la seva derrota. Per això la Nuri seia molt dreta, desafiadora, pelant les gambes amb ganivet i forquilla com havia après a l'hotel. Per això en Ton i jo la ignoràvem sense contemplacions mentre vigilàvem discretament que la mama no s'excedís amb el vi, que per una vegada no era a granel sinó d'ampolla.

—Us ha d'haver costat un dineral, això —repetia l'àvia Anna en veu baixa, sibilant, com si no sabés (que ho sabia) que tot ho havien pagat la Muntsa i l'Alfons, treballant de valent totes les hores del món.

Com que el papa, digne i silenciós, no va respondre cap provocació, l'àvia, ofesa i avorrida, no es va esperar ni al pastís. Acabat el segon plat es va aixecar majestuosament —«El que ve ara ja no m'interessa»— i va demanar als seus fills que la tornessin a casa, on s'havia quedat l'avi, que ja havia perdut l'oremus i només dormia. Però si l'àvia s'esperava un espectacle estrident s'equivocava: no hi va haver crits ni aplaudiments, gestos barroers ni cap excés fora de lloc. Tot va ser discret i elegant com volia la Muntsa, que havia convidat els amos de l'estudi i tot d'amics de l'Alfons, arquitectes, o enginyers, nois alegres i segurs amb ganes de menjar-se el món. Ells havien de ser la seva gent a partir d'aquell dia. La vida de la meva germana prenia impuls en una línia recta, ascendent, que s'allunyava d'aquella infància que tant l'havia incomodat.

Un parell de setmanes després del casament, quan jo ja preparava la tornada a Londres, va sonar el telèfon a l'hora de sopar: en Ton era a l'hospital. L'havia atropellat un camió dins la mateixa fàbrica on treballava, cinc minuts abans de plegar. Aquest detall mínim, que no canvia res, i el fet que ens truquessin per telèfon —que mai no sonava— és el que més recordo d'aquell dia. Això, i que quan vam arribar a l'hospital ens van dir que estava gravíssim, que «gairebé» el donéssim per mort. Vam haver d'esperar tota la nit, fins a l'endemà al matí, perquè algú volgués parlar amb nosaltres. El meu germà havia perdut molta sang, tenia ferides pertot arreu, una llista interminable d'ossos trencats, commoció cerebral. Què passava als seus òrgans interns era un misteri que encara havien d'esbrinar.

—Si se'n surt, que no ho crec, no sabem si podrà tornar a caminar —va explicar-nos un metge maldestre amb tan poca delicadesa com va ser capaç.

Quan per fi ens el van ensenyar, cap al migdia, era en un llit de ferro rovellat, fet un manyoc de gases i benes de cap a peus. Inconscient. La seva respiració era lleu, gairebé imperceptible. L'únic del seu cos que quedava a la vista era el seu rostre preciós, seré i gairebé intacte, blanc i immòbil com si fos mort, i, quan el vaig veure, em va colpir com una puntada de peu al ventre. En Ton, el més bo de tots nosaltres, el més indefens. El meu germà petit, el que més em necessitava, el que vaig abandonar.

El papa es va desmuntar, semblava a punt de tornar-se boig: cridava als metges i a tothom, plorava, no sabia on anar ni què fer. Era un home fort, encara jove, i de sobte s'havia tornat vell. El seu abatiment —que era sincer i diria que carregat de culpa— contrastava amb el silenci atònit i l'aparent fredor de la mama, a qui va costar molt saber com reaccionar. No gosava ni acostar-s'hi. El mirava, atònita, parada al costat de la porta. La Muntsa i la Nuri, que tampoc no entenien res, espiaven les meves reaccions per saber què passava, com era de greu, què havien de témer. Vaig haver de fer-me càrrec de tot.

Aquelles primeres hores i els primers dies els he oblidat, excepte un dolor tan intens que no deixava lloc a res més i una impotència absoluta. No em vaig moure de l'hospital durant molts dies, aterrida per la incompetència i la falta de sensibilitat que veia en metges i infermeres, la majoria monges. Encara no sé si desconfiaven de la meva titulació o si directament la menyspreaven, però no volien ni escoltar-me. L'únic que podia fer, asseguda al costat d'en Ton —quan no me'n feien fora arbitràriament— era agafar-li la mà i veure'l cridar i plorar de dolor, encara atordit. Si estàvem sols, jo mirava d'aixecar les benes per descobrir l'abast de les ferides, desxifrar el que havien escrit al registre, espiar la medicació, buscar signes d'infecció. Quan entraven a fer-li cures m'ordenaven sortir de l'habitació. Commocionats com estàvem, vam trigar un parell de dies a pensar en els meus oncles, que eren uns metges una mica coneguts. Mentre la mama, en la seva confusió, dubtava si molestar-los, el papa i les meves germanes se'n van anar corrents al passeig de Sant Joan, a casa dels avis.

A la tarda del tercer, o potser del quart dia, el tracte va començar a canviar: el més gran dels meus oncles havia parlat directament amb el director de l'hospital, company d'estudis, i del seu despatx va baixar l'ordre que calia tractar bé aquell pobre noi malmès, que era nebot —contra tot pronòstic— d'un respectable doctor molt ben relacionat. No d'un: de *dos* respectables doctors. Devia ser una notícia demolidora per als metges i les monges, que van haver de fer un esforç per tractar-nos millor. Que no era gaire, vistes les seves limitacions, els pocs recursos que tenien i la mala manera com treballaven. Jo em desesperava recordant la precisió, la pulcritud i l'entrega que tenia per normals en metges i infermeres quan estava al *meu* Saint Olave's. Ho hauria donat tot per poder portar allà el meu germà, sobretot quan ja donàvem per fet que viuria —encara no sabíem com— i una ferida infectada va estar a punt de matar-lo.

Per sort en Ton era fort: fort de cos, que ja ho sabíem, i fort d'esperit, molt més del que ens pensàvem. I també molt més de pressa del que comptàvem, se'n va anar sortint. Amb més dolor del que sembla suportable, amb una determinació sobrehumana, sense queixar-se. En poc més d'un mes va sortir de l'hospital, recosit, enguixat, assegut en una cadira de rodes que pesava més que ell, pàl·lid i feble, però alleujat. L'Alfons i en Tomeu, el promès mallorquí de la Nuri, el van pujar per l'escala a força de braços, amb compte de no espatllar encara més el seu cos malmès de waterpolista, el cos del campió que ja no podria ser. Quan va entrar a la seva habitació, amb la paret plena de medalles, es va posar a plorar com un nen.

Després va arribar la indignació. Vam saber pels companys d'en Ton que l'empresa on treballava —que es va desentendre de tot— el culpava a ell de l'accident, dient que anava distret, que passava sense mirar i que el camió havia fet el possible per esquivar-lo. Jugant-se la feina, alguns d'aquests companys, enfurismats, van protestar, però les amenaces i coaccions van ser tan fortes que tothom va acabar callant. Oficialment, l'atropellament es va atribuir a una distracció del meu germà, a qui en l'informe qualificaven d'atabalat i indisciplinat. Mesos després, quan era obvi que no teníem manera de reclamar res —què podíem nosaltres contra una empresa com aquella— els amos van fingir un gest magnànim i li van donar una indemnització ridícula, com una almoina, que els meus pares van haver d'acceptar i encara donar-ne les gràcies. Un altre moment que no oblidaré mai: el papa tornant de recollir el sobre amb aquells diners, més trist i enfadat del que l'havia vist mai. Va entrar sense dir res i el va llençar sobre la taula. Després s'hi va repensar, el va tornar a agafar i se'l va endur a la seva habitació, la que compartia amb el meu germà: «Aquests diners només poden ser per a en Ton: pobre de qui els toqui!», va dir, mirant de cua d'ull la mama, que va fer cara d'ofesa i se'n va anar a la cuina.

Era una misèria, però de moment ens va anar bé: el meu germà no només necessitava medecines i instruments ortopèdics, sinó també ajuda per fer-ho tot, i ens havíem quedat de cop sense un sou a casa. Sense tres sous, en realitat, comptant el meu i el de la Muntsa. Jo no podia tornar a abandonar-lo, almenys fins que es pogués valdre, i vaig ajornar la tornada a Londres. Seria infermera, però sense uniforme, i només per a ell, dia i nit. La mama, que donava per fet que en Ton quedaria impedit, havia aconseguit força atenció de veïns i coneguts planyent-se de la seva desgràcia i enorgullint-se de la pròpia abnegació. El tractava com un nen petit, amb compassió i condescendència. Rabiós per primer cop, en Ton, que mai no havia dit una paraula més alta que l'altra, va refusar la seva compassió i va començar a ignorar-la. Potser això el va esperonar. Això i la ràbia pel que li havien fet, que li va desvetllar un esperit lluitador que ja no el deixaria mai.

Jo vaig aprendre a fer-li fer exercicis, que ell practicava a totes hores, sovint amb llàgrimes als ulls, perquè volia tornar a nedar.

—No a competir, Anita, ja sé que no podré, però si no puc tornar a fer piscines em moriré.

Els seus companys d'equip li portaven totes les medalles que guanyaven, que eren moltes. També venien alguns amics de la fàbrica, avergonyits de no haver pogut ajudar-lo. Gairebé cada dia tenia visita. Així vam descobrir que a en Ton, que era tan discret, fora de casa el respectaven i l'estimaven molt.

A començaments d'estiu, quan feia quatre mesos de l'accident, es van acabar els diners de la indemnització. A casa només entrava el sou del pare i anàvem amb l'aigua al coll. La Nuri no podia ajudar gaire: es casava al setembre, i com que necessitava diners procurava fer a l'hotel tantes hores com podia, gairebé de matinada fins al vespre. A més de llarg era molt dur, perquè els clients —homes sols, la majoria— la molestaven sovint amb propostes i comentaris fora de lloc. A ells no podia engegar-los a la merda: era un hotel car. La direcció era estricta: no podia tenir cap contacte amb els clients a l'altra banda del taulell, ni coquetejar amb ells. Em penso que ella per res del món hauria volgut fer cap de les dues coses, però tampoc no podia quedar-hi malament. Per defensar-se només li quedava la diplomàcia —o avisar el porter si el client es posava molt pesat— i això li destrossava els nervis. Gairebé sempre tornava de mal humor, esgotada i mig adormida.

Vaig haver de posar-me a buscar feina, i amb pressa, i vaig descobrir que tenir el títol anglès i l'experiència a Londres no només no m'ajudava sinó que a les clíniques on vaig anar, de fet, despertava antipatia. «Ja l'avisaríem, si de cas», «La posarem a la llista per si mai ens falta algú», «Estaria disposada a fer qualsevol torn? Perquè potser a les nits...».

Vaig anar a veure la Núria, l'única amiga que conservava dels anys de la Creu Roja. Era la més entusiasta, la que més ganes tenia d'aprendre, la que primer havia començat a treballar en una bona clínica. Si hi havia una infermera vocacional, era ella: la seva mare ja ho havia estat durant la República, cosa que havia pagat amb cinc anys d'exili a França. Vam parlar molta estona: estava tan interessada pel que jo havia fet a Londres com jo pel panorama d'hospitals a Barcelona.

—Tan de bo pogués marxar, jo també —em va dir—. Aquí no hi trobaràs res del que m'expliques; encara manen les monges. No m'estranya que no et vulguin, és com si vinguessis de l'infern, per a elles. Torna-te'n, si pots.

Què més hauria volgut que tornar-me'n, jo. Però encara no podia. I a més, ja no sabia ni si al Saint Olave's m'hi voldrien: la Júlia m'havia escrit que la síster Campbell, la *matron*, estava molt enfadada amb mi. Amb raó: li havia demanat unes setmanes de permís, i ja feia quatre mesos que era fora. Vaig escriure a tres o quatre hospitals del centre de Londres, demanant feina, però no n'hi va haver cap que em contestés. Quan pensava en les qualificacions que havia tret als exàmens —de les millors— em venia mal de ventre: tant estudiar i per a res?

Jo volia ser infermera, però allà: potser seria síster, en pocs anys. M'havia fet la fantasia d'arribar algun dia a *matron*, de ser cap d'infermeres en algun hospital gran, més cèntric, més avançat que el Saint Olave's, que vist des d'aquí semblava un temple de la modernitat. No volia treballar amb monges ni desaprendre tot el que havia après. Als hospitals d'aquí, antiquats i depriments, m'explicava la Núria, el tracte era gairebé de caritat però gens caritatiu: els malalts eren una nosa, com un ramat de xais penosos i molestos, mai prou agraïts. La meva amiga s'esplaiava en detalls que amb prou feines podia creure, però que havia vist, horroritzada, durant l'ingrés d'en Ton: metges del tot inútils, però del règim, dirigint serveis mancats del més bàsic, disciplina gairebé militar, sales atapeïdes de malalts, brutes però amb una ferum de lleixiu que tombava d'esquena.

—I si la cosa no va bé, tenim un ampli catàleg de sants i marededeus a qui resar, generalistes o especialitzats per malalties —se'n reia la Núria—. Te'n faries creus, de la de medalletes i imatges que em trobo pertot arreu... Fins i tot jo els tinc més fe que a alguns metges.

Reia, però era una rialla sense esma, decebuda i sarcàstica, que no li coneixia. Jo no em volia veure així, passats uns anys: sense expectatives, amb un uniforme trist i un sou de misèria. No m'hi volia veure, però tenia pressa per treballar. Vaig fer córrer veus que buscava feina, del que fos.

I llavors em van venir a buscar de Can Barreda, el primer despatx on havia treballat. Necessitaven una secretària amb anglès parlat i escrit per al departament d'exportació. Les condicions eren bones perquè els collava la urgència, i vaig dir que sí, amb l'espera justa per fer-me pregar una mica. Dies abans d'entrar-hi em vaig tallar la trena que tant li havia agradat a en Bjørn i em vaig fer un vestit jaqueta a joc amb la vida que estrenava.

27

Una noia massa viatjada

Barcelona, març de 1961

—*Good morning, Miss Belaure.*

Cada matí de l'any, en Carles Barreda, el director d'Exportació, passa pel costat de la meva taula i em saluda amb l'única frase que sap dir en anglès. Alguns dies, si ha passat per la Rambla o pel passeig de Gràcia, em porta *The Times* i me'l deixa sobre la taula, somrient. Ve tot el camí des del quiosc amb el diari sota el braç, cofoi que la gent amb qui es va creuant es pensi que sap anglès, o millor encara: que és anglès. Sap que fa goig, amb les seves camises d'un blanc enlluernador, teixides a casa, al teler que treballa només per a la família.

Molt òbviament, no és anglès: els Barreda venen de Mataró, i encara que han fet molts quartos, ell no és de la branca més rica ni de la més viatgera. Em sembla que viatjar li fa por. Però li agrada molt fer-se el cosmopolita, i si em porta el *Times* no és perquè jo el llegeixi, sinó per fer veure que comentem temes internacionals. A vegades em sembla que no n'entén ni les fotos: amb prou feines coneix en Castro i el Che Guevara, per les barbes. Jo li segueixo la veta un moment, i després faig veure que tinc molta feina, que he d'escriure una carta urgent, o revisar uns comptes, i ell es queda tan satisfet que estigui ocupada: «Senyal que tenim feina», diu, «la cosa va *viento en popa*».

Em presenten a les visites com «la senyoreta Anna, la nova secretària i traductora acabada d'arribar de Londres». Jo repasso i tradueixo tota la correspondència amb l'estranger, i quan escau, hi faig trucades, moment solemne en què —si és al seu despatx— en Barreda surt a escoltar-me i demana silenci, cosa que molesta enormement la seva secretària titular, la Rosita, que ha de parar d'escriure fins que penjo el telèfon.

La meva taula amb dret a finestra queda gairebé al costat de la porta del despatx del director, en una sala gran i ventilada, on, a més de la Rosita, que m'observa amb desconfiança, hi ha dues secretàries encara més velles i l'etern comptable, en Cunill. L'home, que passa dels seixanta, ha perdut misteriosament la tofa grisa que tenia quan jo feia d'aprenenta, al pis de baix, però no el gest concentrat i una mica obsessiu amb què s'inclina sobre el paperam que omple la seva taula. En Cunill era l'únic que em tractava bé quan hi vaig arribar amb catorze anys i pujava i baixava portant-li papers o enduent-me'ls. Ara que en tinc gairebé vint-i-sis m'observa amb reverència quan escric a màquina en anglès, «a velocitat *de crucero*», que diu ell. Sempre que hi penso, poso el *pobre* al davant: el *pobre* Cunill, que a vegades em porta cireres del poble de la seva dona, i quan veu que estic refredada em pregunta constantment si em trobo bé.

Ara sé que està preocupat, i m'ho ha dit, perquè una

noia tan «viatjada» com jo espanta els nois, i això complica molt que trobi nòvio.

—I ja ho saps, Anita —si estàvem sols em deia Anita— que, com més gran et facis, més et costarà... I no em vull posar on no em demanen, però és una llàstima.

—No pateixi, senyor Cunill —li dic jo rient—. Ja vindran, que no tinc cap pressa. —I no la tinc, perquè no n'he vist cap, des que he arribat, que arribi a la sola de la sabata d'en Bjørn. És així.

No he deixat de pensar en el noruec ni un sol dia des que vaig tornar. Ni un sol dia, i ja fa més d'un any que no en sé res, des que ens vam dir adeu a París. Ni una paraula, ni una trista postal. És com haver sigut amiga d'algú que ja no existeix, o millor, que no ha existit mai. Perquè si s'hagués mort almenys sabria per què no diu res: ni «he arribat bé», ni «això és fantàstic», ni «t'he trobat a faltar durant uns segons». Perquè durant alguns segons segur que m'ha trobat a faltar, encara que no m'estimés i tot allò que va dir a París.

Si sabés on és li podria escriure, demanar-li com és la selva, com viu allà, què llegeix. Si es recorda de mi. Podria explicar-li tot el que ha passat: es deu pensar que encara soc a Londres, a l'hospital. Sé que allà tampoc no m'hi ha escrit, perquè la Flora està al cas del correu. És com si se l'hagués empassat la terra, però quan se t'empassa la terra s'acaba sabent, i m'estranyaria que en Thorvald —el seu amic de *Bakke*— no trobés la manera de fer-m'ho arribar.

Em sap greu, perquè aquest final tan abrupte amb en Bjørn ha espatllat una mica el record que tinc de Londres. Em costa pensar-hi i que no em vingui al cap algun moment amb ell, un fragment de conversa, una imatge. Ni tan sols tinc una foto seva, ni tinc cap on sortim tots dos. Potser podria demanar-ne a la Cedes, perquè ella en deu tenir de quan sortíem tot el grup, però qui em diu que si tingués una foto no seria pitjor. La veritat és que tampoc no em fa gaire falta. Encara sé el color exacte dels seus ulls gairebé a cada hora del dia, i puc imitar la seva manera de caminar, tan decidida, i sento les seves rialles sorolloses d'home sense por. Se'n deu recordar, ell, de la meva trena que ja no hi és, o de les meves mans, o de la meva rapidesa per al càlcul? O de quins formatges m'agraden?

No et puc escriure, Bjørn, i m'agradaria tant explicar-te com ha anat aquest any estrany. La de coses que han passat. El casament de la Muntsa, que em va agafar encara anestesiada pel xoc de París i que em va fer pensar tant en què hauríem fet nosaltres si les coses haguessin anat com jo em pensava que anaven. Quan vivíem a Londres no hi pensava, en això: semblava que aquella bombolla de temps seria eterna i que podríem viure al dia sense fer-nos gaires preguntes. S'estava tan bé, sent provisional sense adonar-se'n!

I l'accident d'en Ton, que ho va trastocar tot. Aquell pànic que es morís el meu germà, o que quedés del tot invàlid. Amb tu hauria pogut plorar, perquè no podia plorar amb ningú més: ni amb els de casa, per no espantar-los, ni davant en Ton, per si em veia. Estava tan sola i tan cansada que a vegades m'imaginava que ho sentiries, allà on fossis, i vindries a agafar-me la mà. N'hauria tingut prou amb això. Quan va morir la síster Parker —te'n recordes?— vaig anar directament del funeral a casa teva, i tu em vas abraçar fort i en vam parlar una mica, però sobretot vaig callar, i tu eres al meu costat sense dir res.

I després, quan en Ton va tornar a casa i vaig decidir quedar-me, per no abandonar-lo una altra vegada. No m'hi vaig pensar gaire: hauria estat molt més difícil amb tu a Londres. Però m'agradaria tant que em veiessis ara, al despatx: m'ha costat una mica acostumar-m'hi, però és gairebé divertit. Vaig una mica com aquelles dones de les pel·lícules: saps, la Katherine Hepburn? M'estic fent una experta en exportacions, tant de bo tingués alguna cosa meva per exportar. Parlo amb els representants, amb els clients, sé de quins em puc refiar i de quins no; a vegades aconsello el *jefe*, que és molt indecís. M'agrada aquest petit marge que tinc per decidir coses, i tenir feines urgents, i veure com van sortint les comandes i arriben a lloc i ens les paguen. D'acord, em sembla sentir-te: no me les paguen a mi. Les hi paguen a l'amo, aquest senyor que a la seva fàbrica hi té un teler que només fa el teixit de les seves camises. Soc jo, que l'estic ajudant a guanyar molts quartos a canvi d'un sou que el deu fer riure, tens raó. Però et confesso que la feina m'agrada. No tant com ser infermera a Londres, però potser més que ser-ho aquí. I tinc tota una fauna a l'oficina que m'agradaria ensenyar-te, autèntics exemplars locals que et farien riure, o t'entendririen, perquè ets més bona persona que jo.

O això és el que em pensava. Perquè aquell final tan horrorós, a París, em va fer dubtar. No ho sé. Però trobo a faltar tant aquell temps, i et trobo a faltar tantíssim, que sé que soc imbècil i que fins i tot tu te'n riuries, però en el fons del meu cor encara espero que un dia apareixeràs i m'ho explicaràs. I espero que l'explicació sigui convincent, noruec.

A vegades escric a en Bjørn cartes que no puc enviar-li. L'endemà les rellegeixo i les estripo, a vegades trista i a vegades rabiosa, perquè en un any no he conegut ningú que m'agradi, i no serà perquè les meves germanes no s'hi hagin esforçat. Em sembla que ja m'han presentat tots els amics solters que tenien. Amb alguns fins i tot hi he sortit algun dia, però m'avorreixen mortalment. Com que no saben la història amb en Bjørn, ni com és, no saben amb què han de competir. Ahir mateix vaig despatxar un bon amic d'en Tomeu, el meu cunyat. Un xicot amable, de Palamós, que té una impremta i és molt aficionat al submarinisme. M'havia promès que m'hi portaria, que sap un lloc on encara es poden trobar àmfores romanes, o gregues, no sé ben bé. A mi em feia il·lusió anar-hi, però m'ha fet mandra pensar que hauria de sortir amb ell fins que faci bon temps.

A la nit va venir la Nuri a casa, furiosa. Casar-se amb en Tomeu, que és la paciència personificada, no l'ha calmada gens.

—Però, a tu què et passa? —em va dir—. Qui t'has pensat que ets?

—Presenta-me'n un que em parli de dinosaures i te'l compro.

28

Una carta amagada

Desembre de 1961

A la nit, quan la casa dorm però encara estic desperta i al llit dono voltes i voltes i no agafo el son, he de tancar els ulls per no veure l'escriptori. A les fosques irradia una llum suau, verdosa com una aurora boreal: és la carta d'en Bjørn, que reposa al calaix del mig. M'he de tapar el cap amb el coixí per no sentir-ne el batec. M'he d'aferrar al matalàs per no aixecar-me i arrencar-la del fons del calaix, sota la pila de llibretes i paperots on la vaig amagar.

No m'he vist amb cor d'estripar-la, encara. Hauria d'estar pensant com la faig desaparèixer, però no puc deixar d'imaginar-me què hi deu posar. És massa gruixuda per ser un missatge curt, anodí. Arriba massa tard per dir coses intranscendents. Potser em demana perdó. O diu adeu per sempre. O fa revelacions terribles, secrets vergonyosos que no puc ni imaginar-me. Però si sabés que és això, no em faria por. Em faig por jo —jo!—, si en aquesta maleïda carta hi digués una altra cosa.

El mes vinent em casaré amb l'Ernest; qui m'ho hauria dit, fa un any! Ens vam conèixer a l'abril, ens casem al febrer. A la Concepció, on es va casar la mama. Ella es pensa que és un homenatge, per mi és tot el contrari: si cregués en bruixes, diria que trencarem l'encanteri. Prou desgràcies i misèries. I no vull res que em pugui fer dubtar, ja he dubtat prou. No vull res que enterboleixi aquest moment únic. Perquè em fa tanta por perdre l'Ernest com la que m'hauria fet perdre en Bjørn, si hagués sabut que l'havia de perdre.

Quan vaig conèixer en Bjørn vaig pensar que mai no podria enamorar-me d'algú que no estimés les muntanyes, els arbres, els ocells, les pedres, jo què sé. Que no sentís la necessitat de saber-ho tot sobre la terra, que no tingués una curiositat immensa sobre la vida de les persones. Que no em parlés dels dinosaures, com li deia —només mig en broma— a la Nuri.

Però m'equivocava, perquè l'Ernest no hi té cap interès, en tot això: ell és un home d'absoluts. És brillant, generós, obsessiu: hauria estat un gran músic, però no va fer el pas. Se'n penedirà sempre. Ara viu lligat a una feina que l'absorbeix però no el fa feliç. Un perfeccionista. Un solitari. No el vull comparar amb en Bjørn: només s'assemblen en el fet que són homenots de nas gros i que riuen fort, sense por que els sentin. Que són entusiastes. Que són honestos, crec. Que l'Ernest, com en Bjørn, potser no em farà feliç, però no m'avorrirà mai. I, a diferència d'en Bjørn, l'Ernest em vol desesperadament al seu costat.

Diguis el que diguis has fet tard, Bjørn.

29

L'incendi

Barcelona, gener de 1962

A les onze i deu minuts ha trucat la Núria. Entenc que passa alguna cosa molt grossa —per com ho diu— però no entenc el que em diu.

—Has de venir ara mateix, s'ha cremat la casa.

L'hi faig repetir uns quants cops:

—Què m'està dient? Quina casa?

—Casa nostra. Casa nostra. Anna, et truco des de la lleteria. Els pares estan bé, però hi ha un merder de mil dimonis. Els bombers i tots els veïns al carrer, no sé ben bé què ha passat, vine, vine de seguida.

«Vine de seguida que tu te'n faràs càrrec», tradueixo mentalment, sentint-me culpable. Mentrestant, em poso l'abric i baixo l'escala corrent, seguida del pobre senyor Cunill, que vol acompanyar-me, esbufegant, perquè ha sentit la paraula «incendi» i pensa que m'abraonaré a les flames. Només hi faltava el comptable, aquí.

—Deixi, deixi, senyor Cunill, no deu ser res, la meva germana és molt exagerada.

—Aturem un *taxis*, Anita, aturem un *taxis*. —El pobre home estava més esverat que jo, que he marxat ràpidament mentre ell, clavat a la vorera, mirava a una i altra banda, com si estigués perdut, buscant un taxi entre els cotxes que venien.

He arribat a casa en deu minuts, travessant els carrers sense mirar. A la cruïlla de Nàpols ja he vist tot de fum fosc que sortia de la porta de casa, un cotxe de bombers i un parell d'*urbanos*, i tot de gent aturada a la vorera, mirant. M'he obert pas a empentes fins a la mama, que estava a la porta abraçada a la Nuri, tremolant. Anava amb la bata i les sabatilles, tota despentinada i tacada de sutge, concentrada en la seva desesperació un punt teatral.

—Anita, filla, que se'ns crema la casa!

—Mama, estàs bé? Què ha passat? —Això últim ja ho he dit mirant la Nuri, encesa de galtes, més fastiguejada que neguitosa.

—Sembla que s'ha deixat alguna cosa al foc, la paella s'ha encès i ha pres les cortines, pel que diu. Ella ha corregut al replà, cridant, i entre una cosa i l'altra els bombers han trigat massa, em sembla. Diu que s'ha cremat força cosa, però només a casa.

—Aquesta dona havia de fer alguna desgràcia, que no veus que no hi és tota?

La veïna de dalt, a mig vestir, beu a morro d'una ampolleta d'aigua del Carme que li ha donat algú. Diria que n'està escurant les restes. Penso sense voler que avui ha tingut una bona excusa per acabar-se una ampolla, i que va sense mitges. Van arribant altres veïnes que estaven comprant pel barri i s'han trobat la fumera. Criden i s'exclamen, algunes volen pujar però els *urbanos* no els ho deixen fer. «Ja no hi ha foc, ja no hi ha foc, no s'esverin tant, senyores», diu el de la bodega per calmar-les.

Sí que n'hi havia, de foc, però no ha arribat a sortir de casa meva. Ningú ha pres mal. Sort que era l'hora que era: els nens a escola, les dones a la plaça i els homes a la feina. Ens hem quedat tot el matí al carrer, han arribat la Muntsa i l'Alfons, amb el nen, i en Tomeu, blanc com un paper, que ha corregut a abraçar la Núria. I el pare, amb la granota blava, que algú l'ha avisat al taller. Quan tot ha estat més calmat, cap a migdia, he trucat a l'Ernest, que també ha vingut molt alterat.

Hem anat tots a casa la Muntsa, la mama al centre del grup, encantada de ser tan protagonista. «No sé com ha pogut passar», repetia, «però sort que el vestit de núvia és a ca la modista». Sort. «I quina desgràcia tan gran que ens passi això quan estàs a punt de casar-te».

Quan a les set hem pogut pujar al pis, l'escala encara era irrespirable, plena de bassals. Els veïns miren la mama amb hostilitat poc dissimulada, tot i que els danys a les cases d'ells són mínims. A casa no: aigua pertot arreu, roba cremada per terra, les parets negres, la cuina destrossada i les habitacions xopes i ennegrides, però senceres. Excepte la de la mama, al costat de la cuina, on dormo jo. Del llit, en queda l'estructura del somier, l'escriptori és una fusta recremada. Ens han deixat lots per veure'ns-hi, i m'adono que hi ha un escampall de papers reduïts a cendra mullada, objectes retorçats. El veí bomber ha pujat amb nosaltres i diu, com per fer una gràcia: «Això és sinistre total». Però per sota l'olor de socarrim, insuportable, encara detecto la vella olor de casa, i de sobte penso en el sobre que dues setmanes abans vaig amagar al fons del tercer calaix, on guardava papers de l'escola i llibretes velles. La carta d'en Bjørn, indefensa, que pot sortir en qualsevol moment a la llum, a la vista de l'Ernest. Quan em va demanar que l'hi expliqués tot sobre mi, l'hi vaig explicar tot, menys això, la història del noruec a qui vaig conèixer a Londres. I no perquè sigui gelós —que ho és— ni perquè aquesta història el pugui fer patir tota la vida: perquè és meva, només meva. I el que vaig viure amb en Bjørn és el nucli del que soc ara. Puc viure sense ell, però no el vull compartir. No ho faré mai.

Els calaixos ja no existeixen, només són fragments de fustots negres plens de cendra i paperassa cremada que anem llençant en caixes de cartró que ens ha donat l'adroguer.

Durant tota la setmana fem neteja i mirem de recuperar el que pot haver quedat sencer. No vull llegir-la, aquella carta, però la busco desesperadament.

M'hauré de rendir a l'evidència: s'ha cremat. Gràcies, mama, encara que no ho sàpigues. No sé si jo ho hauria pogut fer.

30

Fora de la piscina

Barcelona, juny de 1963

Quan m'he aixecat, la Bet, la meva filla, encara dormia. L'Ernest va marxar ahir a Madrid i m'espera un dia llarg com la piscina fonda del Natació. Enyoro per un moment el cansament dels braços, el fred intens que dura només uns segons, l'anhel de treure el cap i respirar. Fa molt que no nedo. Quan em va quedar l'esquena tocada, després del part, ja no podia ni fer piscines, i l'Ernest, que quan érem nòvios no suportava veure'm anar sola al club, va respirar tranquil.

Preparo el biberó per tenir-lo a punt, i em faig un cafè amb llet. Avui anirem a comprar i a fer el passeig, potser trucaré a la mama. És dimarts, netejaré els vidres i desaré la roba d'estiu a l'armari gros. La de la Bet no se la tornarà a posar. Si el que ara espera la Muntsa és una nena, l'hi donaré tota.

El timbre. És estrany, ningú truca a la porta a aquesta hora. Deu ser el porter nou, va dir que pujaria a mirar la persiana espatllada.

És una dona amb una criatura en un cadireta. Em mira

i riu, li fa una carícia a la Bet, que porto a coll. Déu meu, és la Mercedes! La Cedes, amb un vestit blanc estampat, amb els cabells recollits, somrient. Està més rodona, m'abraça. La faig passar, soc conscient que el pis està desendreçat però ple de sol, miro la criatura que s'ha despertat a la cadireta i la miro a ella. És un nen, potser té dos anys. Porta un jerseiet blau i té els cabells foscos i els ulls molt oberts.

—És teu? Mercedes, és teu?

—Sí —diu—, és en Mark. —Li acarona els cabells—. Ara t'ho explicaré tot.

Potser fa dos anys que no en sabia res, d'ella. L'últim que en sabia és que havia marxat a l'Argentina, o potser era a Xile? Li vaig enviar una participació de casament i no em va contestar. Que lluny sembla, tot.

Faig un cafè i ens el prenem a la taula, al costat de la finestra. Té la Bet a la falda i la mira atentament, buscant-li semblances amb mi, però és difícil: la Bet és rossenca i té els ulls de color d'avellana, com el seu pare, rodons i molt oberts. El seu nen juga amb un sonall i ens observa amb curiositat.

No sabem per on començar, fa tant que no parlem. L'última imatge que tinc de la Cedes és a la porta del Saint Olave's, dient-me adeu. Jo marxava a París, a acomiadar-me d'en Bjørn. Una fiblada al pit em recorda que encara em fa mal pensar-hi.

—Estaves tan trista, Anita —diu agafant-me la mà—. Com m'agrada veure't ara, fas cara de felicitat.

—És que encara no m'he aprimat dels quilos que vaig guanyar a l'embaràs —dic per riure—, però a tu sí que se't veu feliç.

I és cert. Ella també estava molt trista, aleshores: en Terry havia marxat a Roma, a l'ambaixada britànica, i no sabia si es tornarien a veure. La d'ell havia estat una fugida poc honrosa, incapaç de decidir-se entre la Cedes i la seva mare.

—Estava tan emprenyada amb en Terry, amb Anglaterra i amb tot, que dos mesos després que tu marxessis, me'n vaig anar a l'Argentina —diu—. A Mar del Plata. Te'n recordes que hi tenia una cosina?

No goso preguntar per en Terry, ni pel nen: mentre la Cedes m'explica la seva última trifulga amb la *matron* Campbell, jo faig comptes mentals. Si el nen té dos anys...

—En Mark va néixer allà —diu la Cedes somrient, com si m'hagués sentit—. És fill del meu primer marit... i no és fill del meu primer marit —acaba misteriosament. Quedo bocabadada. Ella continua, satisfeta de l'expectació creada, i, alhora, una mica inquieta—. T'estic explicant un secret que sap molt poca gent, Anita. Puc confiar en tu, oi?

Faig un gest afirmatiu, mirant al meu voltant: vol dir que per descomptat li seré lleial. I també vol dir que, encara que volgués, no tindria a qui explicar-ho: el meu món, ara, són aquestes quatre parets, la família i una nena de cinc mesos.

—El nen és fill d'en Terry, oficialment, perquè el va adoptar just en néixer, quan ens vam casar. Però el seu pare real és l'home amb qui m'havia casat a l'Argentina, un error terrible... però no tan terrible, veient aquesta preciositat, oi?

—És clar que no. És guapíssim. I hauria jurat que era d'en Terry.

No sé si faig bé de dir-ho: se me'n van els ulls cap als cabells rossos, gairebé albins, del nen. La Cedes li acarona el cap.

—El seu pare era alemany, un desastre. Em vaig equivocar tant! Per sort em va deixar de seguida, o el vaig deixar jo, encara no ho sé. Era un faldiller i un jugador, un personatge molt estrany. Però jo estava sola i confosa, i...

Fa un gest de negació amb el cap, tampoc no vol entrar-hi a fons. Tenir un fill no entrava en els plans de l'alemany, es veu, i va acceptar de bon grat el divorci, autoinculpant-se d'adulteri i de tot el que va fer falta —sense mentir gens— perquè un jutge amic del seu pare els ho arreglés a tota velocitat. A tanta velocitat que ella encara estava de set mesos. La Cedes atura el meu gest de tristesa amb un somriure.

—Espera, espera. És veritat que ho vaig passar una mica malament, van ser uns mesos fotuts: la meva cosina ja no em va acollir a casa seva, perquè allà un divorci no és broma, i encara que l'alemany va pagar per treure-se'm de sobre a mi i al nen, jo estava sola, amb la panxa, no podia treballar, no sabia si tornar... És que ni ho havia explicat a casa, saps? Per sort, suposo que de seguida vaig veure que allò no arribaria lluny.

I quan més perduda estava, en Terry va aparèixer a Mar del Plata. Sense que la Cedes, tossuda i orgullosa, s'hagués posat en contacte amb ell. Va ser la Júlia, que estava al cas de la història —però a mi no me n'havia dit res— qui l'hi va explicar. I en Terry, que estava a punt d'obtenir un petit càrrec a l'ambaixada de Roma, va volar a l'Argentina a buscar-la. Ara sí que no va dubtar un moment: com en una pel·lícula romàntica, se la va endur a Buenos Aires, s'hi va casar a l'ambaixada britànica i, quan va néixer el nen, quinze dies després, el va adoptar legalment. És seu.

—I se l'estima amb bogeria, Anita, com el teu Ernest es deu estimar la Bet.

Ella tampoc no treballa. Viuen a Roma des de fa gairebé dos anys, «Ja ens vindràs a veure», i l'escalada d'en Terry a la diplomàcia no s'atura.

—Qui ho hauria dit, oi? —La Cedes mateix no s'ho acaba de creure. Jo també el trobava una mica tou, el que ara és el seu home, però em guardaré molt de dir-l'hi.

Ha passat mig matí sense adonar-nos-en, i m'envaeix mitja tristesa i mitja alegria, perquè feia molt temps que no parlava amb aquesta confiança. Tinc una immensa enyorança de Londres, en aquest moment, i no em puc creure que me n'hagi allunyat tant. La Cedes vol que l'hi expliqui tot: per què vaig desaparèixer, com és l'Ernest, si soc feliç. I sí, li dic que soc feliç, amb una felicitat diferent que la que havia tingut allà i que no m'esperava perquè no la coneixia. I l'Ernest —«Quina llàstima que sigui a Madrid»—, que treballa tant, i que tan poc necessita fora de nosaltres. L'Ernest, que havia volgut ser músic, va haver de fer-se càrrec del negoci familiar, una botiga cèntrica d'electrodomèstics. No ha pogut desfer-se'n, ni s'hi ha atrevit, però la vol especialitzar en els aparells de so. Si no pot fer música, almenys farà que la música se senti com al cel. El seu somni és tenir els aparells més precisos del món, els més exquisits. Ell sempre busca el millor.

—Per això et vol a tu, Anita —riu la Cedes—. Quines ganes de coneixe'l... A en Terry li encantarà. No hi entén un borrall, de música, però li agrada la gent interessant, en això ens assemblem. —I m'abraça, m'ha abraçat moltes vegades—. Ja no ens tornarem a perdre l'una de l'altra. —I és veritat, serem amigues sempre. I també ho seran en Terry i l'Ernest, que no podrien ser més diferents. Fins al final. Però això encara no ho podem saber. Estem tan contentes d'haver-nos retrobat.

Ja no en queda cap de nosaltres, al Saint Olave's. Va ser casa nostra, on ens vam fer germanes, però totes n'hem marxat. L'última, la Júlia, que ja és a Nova York, d'on fa pocs dies m'ha enviat una postal amb l'estàtua de la Llibertat. Vaig plorar quan la vaig veure, imaginant-la al seu nou hospital, un dels millors del món, diu, vestida ja per entrar a quiròfan, eixuta i exacta com sempre, irradiant autoritat. Pensava en ella, el dia que la vaig veure plorar, i en la Carmeta, la seva mare, morta amb els bessons enmig del carrer, que no ha vist créixer la seva filla.

—Ja és a mig camí —va dir la Cedes—. Més a prop d'Austràlia. Tu no te'n vagis tan lluny, eh?

—Jo no aniré enlloc —vaig dir. I en dir-ho vaig saber que seria així. I no sé si em va agradar.

Però la Cedes ja estava començant la història de la Flora, la nostra petita Flora, que és en algun lloc d'Europa amb en Jan, l'artista flamenc a qui no vaig conèixer, «un tarambana molt simpàtic», segons la Cedes, «que l'ha convençut per deixar l'hospital i viure a la bohèmia». La Cedes i la Flora es van veure a Roma, fa poc. Diu que la parella viu de fer dibuixos «molt cursis» de ruïnes i esglésies per vendre als turistes, que no és pas el que volien, però «com que la cosa funciona», tenen pensat instal·lar-se a Bruges, d'on és ell.

—Allà no els faltaran turistes —riu.

«És un dels llocs preferits dels pares de l'Ernest», penso: exactament el tipus de turistes que els compraran un dibuix de ponts i canals més o menys gòtics.

—I està contenta, fent això? —La Flora tenia molt bon gust. Em costa imaginar-la fent làmines per a casa dels meus sogres.

—Em sembla que sí. Però ja la coneixes, és patidora de mena. A l'hospital s'ho passava fatal amb els nens. Almenys els turistes no la faran patir.

La Mercedes troba el pis —que és de La Caixa de pensions— molt bonic, petit però «brillant», li agrada veure'm aquí. Em vol veure més, però han de marxar. He fet una truita per al nen, hem menjat una mica d'embotit; de sobte són les quatre, i quan l'hi dic fa un crit. Ha de marxar. La seva mare ha estat malalta, per això ha vingut.

—Però els meus germans la cuiden molt millor que jo... Li han posat una senyora, vull dir. A ella li és igual, no coneix ningú. I jo me'n torno demà a Roma.

«Demà? Ara te'n tornes? L'única persona amb qui puc parlar de tot allò, i te'n vas?», penso.

Baixem al carrer, caminem una mica. Fa olor d'estiu. És tan diferent, aquest barri, del meu. No ens decidim a separar-nos, els nens dormen, cadascun al seu cotxet. Encara em demana per les meves germanes, per en Ton. Ara ja no ens veiem tant com quan vivia a casa, encara que a vegades *pugen*, o jo *baixo* a veure-les. Punxo la nena de la Muntsa, quan està malalta, i també a ella, que està un altre cop en estat i s'ha quedat anèmica. A vegades fem un cafè a l'hotel on ara treballa la Nuri, que és cap de recepció.

—I en Ton, encara és tan guapo?

La Cedes sempre deia, a Londres, que estava enamorada d'en Ton, per una foto que jo en tenia a l'habitació. I sí, encara és tan guapo, i una mica trist. S'ha recuperat gairebé del tot, però no ha tornat a jugar. Em penso que fa altres coses que no ens vol o no ens pot explicar. Coses prohibides, perilloses. M'enorgulleix i em fa patir. He vist els llibres que llegeix, i sé que surt sovint sense dir on va, perquè vaig molt a casa: el papa està malalt, molt malalt. Ell i la mama no discuteixen tant, però no sé si aquesta resignació d'ara és gaire millor que la violència d'abans. Em sap tan greu que s'hagi de morir havent viscut així, el pare.

La Cedes m'abraça fort, diu que tornarà aviat. Que sigui molt feliç, que vol conèixer l'Ernest, que li enviï fotos de la Bet. Que no sap si està embarassada, riu. Se li havia oblidat. Ara soc jo que l'abraço. Quan ha travessat el carrer es gira i em diu cridant:

—Estàs igual, Anita!

Però totes dues sabem que no, que jo no estic igual i ella tampoc.

31

En una altra vida

Barcelona, hivern de 1994

Quan era jove no m'imaginava que els records duressin tant, i que fossin imprevisibles. Encara recordo tan bé el fred que feia al pati de les monges, els dinars que ens feia la Cinta a la cuina dels avis... La por que em feia llegir *Cims borrascosos* de nit, amb la lot que em va regalar el pare, i com no podia adormir-me perquè volia seguir i seguir fins al final. La mama roncant suaument al meu costat, al llit que compartíem. El tacte de la camisa groc pàl·lid amb què vaig arribar a Londres el primer cop. L'olor de casa meva, fa cinquanta anys. El núvol de vapor al bany d'infermeres de l'hospital, que mai s'esvaïa del tot. Si no puc oblidar tot això, com s'ha d'esborrar el record d'en Bjørn i d'aquells dies?

No me n'he oblidat mai. Ni quan em vaig casar amb l'Ernest, enlluernada: amb l'Ernest, que és brillant, generós i obsessiu, i que em vol tota per a ell però sap que és impossible. Ni me'n vaig oblidar quan va néixer la Bet, la meva filla. Ni tampoc quan vaig renunciar a ser infermera, perquè l'Ernest deia que no em calia treballar, i menys en una feina *així,* «tocant i cuidant gent desconeguda, abocada a les seves misèries», deia. Que estaria millor a casa, la casa nova que ens va fer, amb la Bet. Una casa folrada de llibres, amb un jardí petit. Sentint Leonard Cohen, o Raimon, o Joan Baez, com si em cantessin al costat. Va ser així. A les nits, si l'Ernest viatjava per feina, o si s'estava a l'estudi, analitzant plànols d'aparells estranys o provant-los a tot volum, jo em mirava una mica la tele, o em trucava la Cedes i xerràvem, des de Praga, o des de Mèxic, o des d'allà on fos que enviaven en Terry. Potser la seva vida és més interessant. O la de la Júlia, que és a Austràlia. O la de la Flora, que té un hotelet a la Costa Blava. Però la meva vida també ha estat bé.

Però és clar que penso en en Bjørn. Hi he pensat gairebé cada dia. Com deu haver envellit? Com hauria estat envellir al seu costat? No he anat mai a Noruega; hauríem viscut allà? Potser es va quedar a Sud-amèrica, però m'estranyaria: en Bjørn no podria estar lluny del fred per sempre.

Una fantasia meva, recurrent: tots dos a Oslo, tornant a casa pels carrers foscos a prop del port. Una casa baixa, amb llums de Nadal a la finestra. Bevem una copa de vi, asseguts davant el foc. Ha estat un dia llarg. Jo soc cap d'infermeres en un hospital nou, transparent: algú a qui es consulta sobre un tractament, una recuperació, un quiròfan nou. Una opinió que es té en compte més enllà de les coses de casa. Estic al sindicat, n'hi puc explicar coses al meu germà, que a Barcelona hi està tan ficat. He fet coses, allà, de les quals estic orgullosa. No només dels fills que tenim, que en la meva fantasia no hi surten mai, perquè no em puc imaginar una altra filla que la Bet, que a la vida real viu al Canadà i estudia els boscos.

A la meva fantasia en Bjørn i jo tenim una casa de fusta al costat d'un llac. Hi anem amb el bon temps, i remem, i mengem entrepans de salmó, i bevem cervesa. Jo faig esport i llegeixo Ibsen en noruec. «Quina mania amb Ibsen», diu ell al cap d'uns anys, rient: «Saps que no m'ha agradat mai?». Llavors ja no em sento estrangera, però parlo català amb els nostres fills, per a qui Barcelona és una ciutat exòtica on viuen els avis i els tiets, i a la qual només van molt de tant en tant. Cada quant hauria necessitat anar a Barcelona, jo?

Ell insisteix: «Anem al mar, anem al mar, que a tu t'agrada el teu mar calent», però jo m'enyoro de Londres, on ens vam conèixer. Hi anem i dormim en un hotel, una parella gran del nord que va pel carrer agafada de la mà. Ens aturem al pont, al meu pont, i mirem els ànecs. Anem a veure en Ginger i el mico del Natural History. Busquem el nostre racó fosc de Lower Road. Piquem a la porta d'aquella casa de Fournier Street on ell vivia, a veure si ens deixen passar un moment. A l'hospital no podem tornar-hi: ja no existeix. Ho sé perquè a la vida de veritat hi he anat amb l'Ernest, i hi havia un solar i moltes cases unifamiliars.

A vegades em pregunto què estaríem fent en Bjørn i jo, ara. Potser seríem aquí mateix, asseguts en una terrassa, al passeig de Gràcia, veient passar la gent. Aquella dona amb un abric massa gruixut per al fred de Barcelona soc jo. Soc aquí, però m'enyoro de la llum blanca dels fanals, de la boira i dels hiverns foscos, de l'aire glaçat que ve d'un mar de plom i l'escalfor d'una casa amb terra de fusta que mai no trepitgem amb les sabates posades.

Però llavors, si tingués tot això, i ho volgués, on seria,

l'Ernest? Quina vida hauria tingut? Potser passaria ara per davant de la nostra taula a la terrassa, amb una dona desconeguda, i llavors jo em preguntaria com hauria estat la meva vida amb aquell home. Un home alt i apassionat, obsessiu, entregat a la feina sense distraccions, ple de cabòries, sempre una mica absent. I potser enyoraria aquella vida, que és aquesta que tinc.

Ho he fet sempre, això. M'he perdut en pensaments inútils que no he explicat a ningú, en vides que no he viscut. Per fora callava —i potser deien «quina dona tan discreta»— i és que per dins era lluny, en aquesta altra realitat que ara m'explica la meva filla: en un univers infinit succeeixen al mateix temps totes les vides possibles.

32

La iaia Eugènia

Barcelona, maig de 2007

Són quarts de sis de la matinada i fa estona que m'he despertat. Des que l'Ernest va emmalaltir qualsevol soroll em desvetlla. Tinc una merla al jardí: encara no s'ha fet de dia que ja comença a cantar. M'agrada sentir-la, i més ara, que el seu cant m'avisa que els nens són a punt de despertar-se. Van molt d'hora, com quan vivien al Canadà. D'aquí poc la Bet baixarà a fer-se el cafè amb llet, fent una mica massa de soroll a la cuina, i tornarà a pujar, per llevar-los i vestir-los, i dur-los a l'escola. Tot just s'hi estan acostumant, i a vegades rondinen una mica. Llavors em poso la bata i surto a dir-los bon dia, i penso que tinc sort que siguin a casa.

Quan va morir l'Ernest vaig pensar que sempre més estaria sola. La soledat m'agradava, però de sobte tornem a ser colla i m'agrada més. Alguna cosa s'ha trencat a l'altra punta del món i tinc la Bet i els nens a casa. És clar que també hi ha la mama, amb mi. Un dia va fotre un cop de porta al seu pis i en va marxar sense mirar enrere. Sense cap pena ni sentiment. I des d'aleshores viu a casa:

ara la cuido a ella, «per no perdre el costum», que diu la Nuri. Si fos per la meva germana, fa temps que seria en una residència.

M'he avorrit d'estar al llit. Si no aconsegueixo tornar-me a adormir de seguida, apareix el mal d'esquena i ja no hi ha res a fer. M'he aixecat per prendre les pastilles, i de camí cap a la cuina he sentit soroll a l'habitació de la mama. Estaven parlant, en veu baixa, ella i la Bet. No m'han sentit acostar-me i m'he quedat a poca distància de la porta, quieta.

La mama es queixava una mica. Li deu fer molt mal. L'última intervenció va ser molt dolorosa, no en poden quedar gaires. Té aigua als pulmons, cada cop se li omplen més de pressa, i sé que s'ofega, encara que intenta fer veure que es troba bé.

—Intenta dormir una mica més, iaia, que és molt d'hora.

—Encara dormen, els nens?

—Sí, iaia, encara queda una estona. Vols que t'acompanyi al lavabo?

—No, no. És que tinc ganes de veure en Biel. M'agrada molt jugar-hi. Només espero que torni de l'escola per estar amb ell. M'agrada tant que hagueu tornat!

—A ell també li agrada molt jugar amb tu, iaia.

La Bet fa una veu molt dolça, quan parla amb ella. També hi va jugar molt, de petita, als mateixos jocs que fa ara amb en Biel. Fan botigues i compren i venen, i després cuinen el que han comprat. I porten els ninos a l'escola, i els parlen molt, en converses surrealistes, absurdes, que el nen no es cansa de repetir. Ara els renyen amb crueltat, ara els amanyaguen, ara els demanen la lliçó, ara els dicten una llista de normes infinita que a en Biel li encanta recitar. No hi fa res que, com deia l'Ernest, l'hagin pujat com un nen *hippy*: li encanta imposar als ninos l'estricta disciplina que inventa la mama. Entre ells dos tot són rituals. La «súper-iaia», com ell li diu, és a qui primer busca quan arriba a casa. I ella l'abraça, li posa una mà al front, «Ves que no tingui febre, amb aquests colors», i el nen s'hi recolza, fent veure que està molt cansat de l'escola. Llavors la mama diu: «Avui soparem d'hora, que aquest nen té el cor adormit».

Amb la Maia no hi ha pogut jugar tant: quan s'han trobat a la mateixa casa, la Maia ja tenia vuit anys. Ella es veu massa gran per participar en aquests jocs, que segueix a distància, fent comentaris irònics. Però, esquiva com és, mai no refusa una carícia de la mama, que acarona els seus cabells rossos gairebé sense gosar tocar-los, com si la nena fos un àngel. Sovint li ensuma el cap i respira fondo:

—Què li poses, a aquesta nena, que fa aquesta olor tan bona? —pregunta a la Bet.

—Res, no li poso res, iaia, deu ser olor de net —diu rient la Bet.

—Doncs m'has de portar una ampolla d'aquest xampú tan bo del Canadà —ho acaba la mama, tan avesada a demanar.

I si algun vespre la Maia es queda adormida al seu costat, al sofà, tot veient la tele, la mama para de seguida de fer ganxet, deixa ben lluny l'agulla per por de fer-li mal i l'envolta amb el braç, per protegir-la.

Amb la Bet, quan era petita, feia el mateix. Si tenia por a la nit, al llit, la mama s'asseia al seu costat i li feia carícies a l'esquena fins que s'adormia. Puntets i ratlletes, deien. Una carícia llarga era una ratlleta, una de molt curta, d'un segon, era un puntet. Carícies en Morse, en deia jo. O li escrivia paraules a l'esquena. Llavors la por desapareixia, però la mama ja no s'aixecava fins que la Bet dormia del tot. Les mans de la mama, que amb mi van ser tan esquerpes.

Jo no vaig tenir carícies, ni contes per dormir. Ni les meves germanes, ni en Ton. Ens enviava al llit i deia «Apagueu el llum», i a vegades quan ens llevàvem encara dormia, i marxàvem a l'escola sense dir adeu per no despertar-la. Amb el temps es va llevar cada cop més d'hora, i llavors escoltava la ràdio a la cuina, molt fluixa, mentre feia ganxet al costat. Teixia peces indeterminades, per a les quals no prenia mai mides i que sovint avorria a mig fer, i que desfeia i refeia, a vegades dos o tres cops, aprofitant restes de cabdells que no sé d'on treia. Quan jo tampoc no podia dormir, veia la llum per sota la porta, però no li deia res.

Que la mama fos afectuosa va ser una sorpresa per a tothom. I no estic segura que m'agradés. Em va costar molt deixar-li la nena, i al principi estava molt pendent que no la deixés sola, perquè em feia por. Quan tenia cinc anys, el meu germà Ton es va cremar la panxa amb l'aigua bullent d'una cassola que li va caure al damunt. S'havia quedat sol mentre la mama xerrava amb la veïna a la galeria. Van ser cremades molt greus, i es va estar setmanes a l'hospital, bramant de dolor. La mama va estar tota l'estona al seu costat, avergonyida i molesta, aclaparada per la indignació de l'àvia, que mai s'havia volgut quedar en Ton a casa seva, i dels seus germans metges, que no li havien fet mai cas. El papa també hi va ser, i si li va fer retrets —que segur que n'hi devia fer— aquesta vegada van ser en veu baixa i fora del nostre abast. Ell tampoc no hi era, a casa.

A diferència d'altres moments lletjos del passat que ha oblidat, o fingeix que ha oblidat, aquest la devia deixar molt tocada, perquè a vegades ens ho torna a explicar.

A vegades penso que la mama estima tant la Bet i els nens perquè sap que no la jutgen.

33

Tanatori de les Corts

Barcelona, juliol de 2007

El capellà del tanatori intenta apropiar-se de l'ànima de la mama. Diu des de l'altar coses absurdes d'ovelles perdudes i pastors que les porten al prat. Ens recorda quina gran mare va ser, quina dona pietosa i pacient amb les desgràcies, quina esposa exemplar i quina filla admirable. Que ara mateix està picant a la porta del cel i els àngels l'acullen, esperant el dia de la resurrecció de la carn. Sempre em sorprèn que la gent escolti aquestes coses sense immutar-se.

Miro de cua d'ull les meves germanes, que m'acompanyen al banc de primera fila. Seuen molt dretes, serioses, sense llàgrimes. La Nuri mira el mossèn amb duresa. Fa molts anys potser s'hauria aixecat i hauria cridat que tot això que diu aquest home ridículament vestit és una farsa: «No va ser una mare tan ideal, mireu-nos, nosaltres en som la prova: encara duem per dins les cicatrius d'una infància de merda!».

Però ens miro i ja no hi ha res en nosaltres que evoqui aquestes cicatrius. No hi ha res d'humil ni desemparat en el nostre posat, res que ens faci mereixedores de compassió. Tres dones benestants que han entrat a la vellesa, amb un aire de família que no sabria concretar, encara envoltades d'un cercle invisible: quan les tres estem juntes ningú s'acosta a distreure'ns. Cap de les tres va de dol.

Ha estat una vetlla sense plors, que posava molt fàcil a parents i amics de la família l'«Heu fet tot el que heu pogut», i l'«És llei de vida». La Muntsa i la Nuri acollien petons i abraçades amb distància, reduint al mínim les expressions de condol. A mi, que l'he tinguda a casa fins al final, m'han tocat les paraules més sentides. «Ja et toca descansar, ara».

Al costat nostre, els dos fills d'en Ton, tan alts i ben plantats com el seu pare. A ells la mama no els va fer gaire d'àvia, perquè el seu pis del Clot era petit i no hi estava bé. Però són tan bons com ho era ell, i no sembla que l'hi retreguin. El gran, l'Òscar, que és mestre, una torre d'home amb el cabell recollit en una cua i botes de muntanya, s'ha emocionat una mica al final, quan el meu net Biel s'ha acostat al fèretre i ha dit cridant, amb la cara plena de llàgrimes i de mocs: «Súper-iaia, et trobaré molt a faltar!». De seguida ha anat a consolar-lo, i s'ha endut en Biel i la Maia a fer un volt.

La Bet també s'ha emocionat. Ella és la que ha tingut més iaia, i estava amb ella quan va morir. S'ha abraçat amb les seves cosines, les filles de la Muntsa —la Sònia i l'Elena— i la Tana, la filla de la Nuri. Si les miro, em recorden una mica nosaltres quan érem més joves. Però elles no pateixen tant per si ho faran bé com ho vam fer nosaltres quan érem mares joves. No tenen por d'oblidar el petó de bona nit, ni de no saber jugar amb ells, o de no estimar-se'ls prou.

Han vingut les cosines Vidal, les filles de l'oncle Pau i de l'oncle Robert, els germans de la mama, els metges. Tots dos fa temps que són morts. Em pregunto què havien sentit elles de la mama, què en deien a casa seva. Què en deien de nosaltres. Amb la Muntsa, la meva germana gran, s'han seguit veient: l'oncle era el pediatre de les seves filles. La Nuri i jo només les veiem als funerals.

Òbviament la mama va quedar fora de l'herència. Tot el que hi havia a casa dels avis, i també la casa, va passar als oncles. Quan va morir l'àvia en una residència de Valldoreix —molt vella i bastant dement, però tan cruel com sempre— li van donar a la mama el parell de joietes que no van interessar a les seves cunyades. I la mama —que la visitava de tant en tant, per alguna estranya lleialtat animal— es va disgustar molt, però no va protestar davant dels seus germans. A la seva manera els reverenciava. Quan va saber que en Pau tenia un càrrec en un partit —un partit dels que havien perdut la guerra, curiosament— en va estar tan orgullosa que els va votar fins a les últimes eleccions de la seva vida, que han estat no fa gaire.

A la mama li encantava el tanatori. Quan vam venir per a la vetlla d'en Ton, que va ser tan trista, va considerar que era un lloc força elegant. Ja estàvem tan acostumades al seu hermetisme i la seva frivolitat que ens ho preníem com una ocurrència que s'explica: «Saps què ha dit, la mama?». Em sembla que els últims anys han estat els més dolços de la seva vida, sense patir pels diners ni pel fred. Sense haver de portar la casa. Amb en Biel, el seu còmplice i sequaç.

Després de l'ofici, que ens deixa una mica enrabiades, filles i nets hem pujat al cementiri. Sempre dèiem que, amb tants diners com la mama havia pagat als de l'assegurança —ella en deia «els morts»—, li farien un enterrament «a la Federica», amb carrosses de cavalls emplomallats. Però no: a ella l'han portat en cotxe i nosaltres ens hem hagut de pagar els taxis per pujar a Montjuïc. I a sobre, com que no trobàvem els papers del cementiri, hem hagut d'enterrar-la a l'únic nínxol de propietat que teníem a mà: el del meu sogre, el pare de l'Ernest. La mama i ell s'odiaven a mort, amb una rivalitat ridícula però acarnissada. Pobre home! N'han trencat el fèretre podrit i n'han empès les restes endins per encabir el de la mama. Quan ho ha vist, la Bet ha tingut un atac de riure: «El dia de la resurrecció de la carn, si és que passa, s'enduran un bon *susto*!».

Espero que no s'ho prenguin malament, ha estat sense voler. I així, amb una mica de recança per si hi ha eternitat i se la passen discutint, els hem deixat tots dos allà dalt —és un nínxol del quart pis, amb vistes a Mallorca si està clar— i hem tornat cap a casa. La mama, per sort, no creia en res.

M'he menjat un iogurt i després m'he passat la nit plorant. M'he recordat que abans-d'ahir, quan encara estava desperta, vaig tenir l'impuls de fer-li un petó. La mama se'm va arrapar molt fort, com una criatura, i vam estar una estona abraçades, fins que li va faltar la força i em va deixar anar.

34

Al fons d'un calaix

Barcelona, juliol de 2007

No recordo per què vam pintar l'habitació de la mama de color rosa xiclet, suposo que el va triar ella. És un color estrany, però ningú l'hi va discutir. Tenia el llit i una tauleta de nit, i un armari encastat de dos cossos amb els prestatges plens de roba entatxonada, que s'havia comprat als encants i no llençava mai. Havia anat omplint els calaixos de capses i capsetes, sobres, carpetes i paperots entre els quals he estat incapaç de trobar cap altra cosa d'utilitat que el carnet d'identitat.

Tres dies després de l'enterrament m'he vist amb cor d'entrar-hi amb una caixa de cartró i tres bosses d'escombraries a la mà. Fa la seva olor, que no és olor de vella. La mama no feia olor de vella, aquesta barreja de suor rància, talc i orina. Feia la seva olor de sempre, que tinc gravada. Una olor intensa, gairebé fisiològica, que no va canviar amb el temps i que devia tornar bojos a alguns però a mi em repel·lia una mica. M'ha agradat sentir-la, encara hi és. No per parlar-hi. Si hi va haver un temps que hagués volgut parlar-hi, ja és molt passat. És que he tingut una mare i ja no hi és: li podia dir mama. No ens va abandonar quan érem petits. Potser ens va donar una infància de merda, però la va compartir amb nosaltres. No la puc defensar, però ja no li puc guardar rancúnia. Em fa llàstima, hi ha res pitjor?

No m'hi vull entretenir. No crec que la mama conservés res d'interessant. Llenço papers, objectes inútils i absurds que ves a saber d'on devia treure. Tot això va a les bosses d'escombraries. Un joc de tallaungles, una pinta d'imitació de carei, agendes petites, clauers, alguna figureta de porcellana que sembla treta del *xino*. Una ovella de pessebre, de plàstic. Alguns sobres amb fotografies que poso a la caixa, documents antics que he de revisar —papers de la «Seguridad Social», dels bancs, una cartilla de 1986—, bijuteria barata. Hi ha una polsera que sembla de plata —la Bet la reconeixerà després: era seva, la va perdre de petita—, calendaris. Un carnet d'un bingo, una edició barata de *La tía Tula*, de Miguel de Unamuno. Un cinturó amb la sivella trencada. Claus que mai sabrem què obrien. Mostres de perfum, un sabonet d'hotel.

I un sobre gros, de paper de seda, d'aquells antics de correu aeri. Tancat. És al fons del calaix d'enmig. Reconec la lletra sense ni llegir què hi diu. Els segells de la reina. El tacte suau.

Com si se m'hagués obert una trampa sota els peus, em sento caure a les fosques fins al novembre de 1960, a l'instant en què vaig descobrir sobre l'aparador del menjador la carta d'en Bjørn. Només puc veure això: la pipa del pare, el *Noticiero*, aquest sobre. El palpo per assegurar-me que és real, material.

He deixat de sentir la remor de fora, el picar de plats

de l'Amparo a la cuina. Ara vull que entri la mama per la porta, agafar-la pel coll i cridar: «D'on las treta, la carta? D'on las treta? La tenies tu!».

Un moment. No la vaig destruir, aquesta carta? No la vaig estripar en mil bocins mirant de no llegir-ne ni una paraula, i la vaig llençar al carrer, repartida en diferents papereres al llarg de tot el Passeig de Sant Joan? O potser la vaig cremar, amb les mans tremoloses, i la vaig llençar al vàter? No, és clar: és aquí. La miro atònita, la premo. D'on ha vingut? Està esgrogueïda i tacada de sutge, però es llegeix perfectament el destinatari —jo— i el remitent, amb aquella adreça de Highgate que no li coneixia.

I recordo que no la vaig estripar, no la vaig cremar. Estava confosa, aterrida. Feia una setmana que l'havia rebut, no havia gosat obrir-la. La primera nit no havia pogut dormir, i les següents, em despertava sovint. Havia somiat que l'estripava, ho havia decidit. I llavors hi va haver l'incendi.

Amb la carta a la mà veig en Bjørn amb tanta claredat com si encara fóssim en aquella estació de París dient-nos adeu. Hi tornem a ser, abraçant-nos. Ploro desconsolada, indiferent a la gent que em mira de reüll, al rellotge que avança inflexible, al tren ja engegat que esbufega. Ell m'agafa les mans per últim cop i em diu «Ves, ves». I «T'escriuré. Adeu, Anita».

Han passat gairebé cinquanta anys. Des de quan la tenia, aquesta carta, la mama?

Faltava tan poc per al casament. L'Ernest em volia sempre al seu costat. Jo ja havia avisat a la feina que plegava. Em vaig passar aquells dies escrivint cartes d'avançat, trucant a clients, ajudant els amos a trobar-me una substituta. Estaven emprenyats perquè els deixava i cada dia trobaven excuses noves per retenir-me. Em van regalar la seda del vestit de núvia. Jo volia i dolia, hauria volgut que em maltractessin, que s'oblidessin de mi, decebre'ls. Enyorava la feina que estava a punt de deixar i volia llençar-me ja a la vida nova que m'esperava. Estàvem arreglant el pis, l'Ernest obsedit a triar cada detall mínim, sense escoltar-me. Però seria casa meva, la meva primera casa. Una casa nova i una família nova com un full en blanc.

És igual, no hi penso més. Salto mig segle en un segon: l'Amparo em reclama a la cuina, he d'anar a buscar en Biel. Amb la carta a la mà, entro a la meva habitació i obro el calaix de la roba interior, la deixo al fons. Per segona vegada a la meva vida penso: «Ja la llegiré».

35

My dearest

Londres, novembre de 1960

Anita, *my dearest,*

He tornat a Londres i no hi ets, que buit que és tot això sense tu. Fa fred. No riguis, tinc fred. Miro d'abrigar-me amb la teva bufanda, però llavors encara em quedo més glaçat: no hi ets per dir-me que els ossos noruecs no tenim fred. No ploris. No m'odiïs. Soc a Londres i penso en tu sense parar. Ja sé que és massa tard i no t'ho hauria de dir.

Fa setmanes que començo aquesta carta i sempre la deixo a mitges. Si ens hem de tornar a trobar, ja ens trobarem, vam dir. Però jo tenia la teva adreça i no et vaig escriure. Mentida, sí que et vaig escriure. Però no et vaig enviar les cartes. Com subestimava la felicitat, Anita.

Espera, no t'enfadis. Sé que aquesta sí que l'enviaré, i ho vull dir bé. Però primer et posaré al dia, una mica. Tens dret a saber què s'ha fet de mi.

He passat més d'un any en camisa, a llocs plens d'humitat, d'una bellesa increïble. No t'havia parlat mai d'aquesta mena de bellesa perquè no la coneixia, encara que em moria per veure-la. Brasil és desesperadament bonic, si més no aquest tros de l'Amazònia on van enviar-me. El riu, per exemple, que no s'assembla gens al nostre i em costaria molt explicar-te'l. Hi ha dofins roses, que salten de matinada mentre s'evapora tanta aigua del riu que la superfície es cobreix d'una boira espessa. Diuen que plou cap amunt. Ho he vist. I he passat nits a la selva, amb l'oïda atenta a milers de sorolls. He mirat cada nit la Creu del Sud. He cantat i —no t'ho creuries— he ballat. He tingut temps de llegir molt. Sobretot a l'hospital, perquè vaig agafar la malària (ara estic bé). També he anat amb algunes noies. Res seriós, com la malària.

Vaig muntar una fàbrica que ja es deu estar desmuntant, perquè allà tot el que es fa té una vida molt curta. Ha estat divertit i enervant: res funciona com tu voldries fer-ho funcionar, però acaba anant, a la seva manera. Ja saps que no m'inquieta gaire. No puc dir gran cosa de les ciutats, però la gent és interessant: he fet alguns amics. I he procurat no fer gaire de blanc a les colònies, però és molt difícil. Sort que allà la gent no té esperit colonial, i sap mirar-nos a distància. Però no volia explicar-te res d'això. Els primers tres mesos sí que hauria fet un parell de tractats, però ara ja he arribat al punt que no entenc gairebé res, que diuen que és el punt ideal per començar. I ara no sé si vull començar: en teoria he de tornar-hi abans de final de mes.

Feia mesos que buscava l'excusa per venir a Europa, ni que fos unes setmanes. Em pensava que volia veure un altre cop una glacera, lliscar per la neu. Abraçar el meu germà i el meu nebot, que és igual que ell. Anar a la tomba del meu pare a explicar-li tot el que he vist, passejar ben abrigat a la nit, comprar llibres. Sentir parlar noruec! He passat mesos sense parlar noruec amb ningú. Gairebé ni anglès (obvio dir que el meu portuguès ha millorat molt). M'ha passat una cosa absurda: enyorava el *brunost*, que ja saps que no m'agradava gens. A Oslo me'n vaig atipar, i de vi calent.

A l'empresa estan molt contents amb mi: es deuen imaginar que Brasil és ple de lents amb el seu nom. Però quan ja era a Europa i havia fet la feina, i m'havia perdut uns quants dies a la neu, vaig buscar la manera que m'enviessin a Londres. Soc a Londres, ara. Figura que necessito unes eines molt concretes, que només em poden fer aquí, i m'hauré d'esperar que les acabin, en un parell de mesos. Mentrestant dono un cop de mà a la central, però no tinc gaire feina. Em sembla que m'ho toleren perquè en Hagen se sent culpable de la meva malària. Em tracta com si fos el capità Marlow, com si m'hagués enviat a una mort segura i hagués tornat per acusar-lo del que sigui que es pensa que estem fent els blancs al Brasil... que ja té raó, però res mes lluny de mi que acusar-ne aquest pobre home.

Quan vaig baixar a Victoria Station vaig saber el que estava buscant. Que no eren les eines, és clar. Aquella mateixa tarda vaig saber que no ho trobaria. Potser ja no ho trobaré.

Dec haver fet sis-centes vegades el teu pont, passant la mà per la barana. Saps que visc a Highgate? És una habitació una mica llardosa, al costat d'aquell pub on et vas deixar la bossa amb unes sabates noves. També he anat al cementiri, i no a veure en Karl, que ens deu trobar a faltar. Una nit que duia unes quantes pintes de més em vaig esmunyir al cementiri de dalt, a veure les guineus. L'excursió que em deus. Segur que t'hauria fet menys por que a mi. És terrorífic i preciós.

Dono voltes i voltes, i escric més del compte per no arribar al final. Tinc milers de coses per explicar-te, però és perquè vull imaginar-me que aquests gairebé dos anys no han passat i que encara som els mateixos d'abans de tot, i que encara les vols sentir. I no deu ser així. No sé a qui podré explicar-les, sinó.

Els teus ulls blaus plens de llàgrimes a l'estació. Les mans suades quan ens dèiem adeu, potser per sempre. Voldria no recordar-me'n, però tornen i tornen, i no em puc treure aquella nit del cap. Vaig ser tan cruel, em sembla. Em pensava que així després patiries menys. No et podia deixar esperant-me. Em deixaria esclafar pel tren si així pogués tirar enrere i aturar-lo. No puc ni demanar perdó. Si sabés com. Em feia tanta il·lusió marxar a Sudamèrica, volia estar sol, era per fi una aventura, un repte de merda que —ho veig ara— m'ha fet perdre... no sé què m'ha fet perdre, no ho vull pensar.

M'aturo i somio despert: vaig sol per una extensió blanca, un desert de glaç que arriba a l'horitzó. No hi ha res més que el gel i jo. Aquest pensament em calma. No vull res més. Allà puc estar sol.

Però soc a la meva habitació llardosa, amb el seu linòleum i els seus vidres bruts, l'olor de tabac que no acaba de marxar, i et veig asseguda a la gespa, a Saint James, emprenyada amb mi i amb tu. Dubtant si vèncer o no la resistència, si ajeure't al meu costat, al sol, o continuar amb l'esquena dreta, observant un esquirol inquiet. Tan fàcil que hauria estat agafar-te el braç i portar-te cap a mi. Però esperava que ho fessis tu. Vaig riure-me'n, de la petita monja espanyola, amb tota l'arrogància que la decepció em permetia, i et vas aixecar per anar-te'n. «No em diguis espanyola», vas dir, «I no soc monja», vas afegir molt fluix, amb tota la ràbia. Et vaig voler acompanyar fins a l'hospital, però vas preferir agafar sola l'autobús.

Tots els moments cruels se'm representen, i no sé si

és pitjor que quan se'm representen els bons. Te'n recordes d'aquell Nadal tan estrany a la Norway House? És el primer Nadal que no he odiat: només patia per si et semblava tot gaire ridícul, fins que —era bo el vi calent, oi?— et vaig veure cantant amb l'espelma. I vas deixar esparverat en Thorvald amb les teves teories sobre Hedda Gabler: m'ha demanat per tu, diu que la seva dona es quedarà molt trista quan sàpiga que ja no estem junts.

Tornar a Londres m'ha deixat planxat, Anita. Aquí arribo al tema, i sé que no hi tinc dret: t'enyoro desesperadament. No ara. Fa mesos, gairebé anys. Eres geològiques. Soc un noruec imbècil, un cretí. Et vaig veure marxar i no vaig fer res. No puc tenir cap esperança, ja ho sé. O potser una de tan petita que no la veuria ni amb la lent més potent de Bakke Optikk: ets generosa. Ets generosa. No hauria ni de pensar-ho, no ho puc dir, però... Però Anita, podria veure't? Puc venir a Barcelona, si vols. O vine tu. Anem a París, anem on vulguis. Ho repararem, farem el que vulguis. Què més hauria volgut. Deixa'm veure't i demanar-te perdó, deixa que t'ensenyi com soc ara. Ja sé que ara deus tenir una vida, no puc dir que amb mi fos millor. Però deixa'm provar-ho. No aniré a Barcelona si no em crides, no et trucaré. Però tu sí que pots. Truca'm al despatx. Escriu-me a aquesta adreça. Dona'm un senyal de vida. O no me'l donis, però sàpigues que t'esperaré cadascun dels dies que sigui aquí. I que, quan ja hagi hagut de marxar —perquè si no em dius res entendré que he de marxar— encara em podràs escriure, encara tornaré. A Bakke et diran com trobar-me.

T'he d'explicar coses, ni que només sigui per això. He nedat a l'Amazones. No deixo treballar nens petits a la fàbrica. Em sé de memòria l'*Homenatge a Catalunya*. Vaig pujar al Galdhøpiggen, estàs orgullosa de mi? Vas dir que ho estaries. Tinc una càmera nova, tinc fotos de la selva.

Ara jo també sé alguns poemes de Whitman. Me'ls vas regalar tu. Vine, o crida'm, i te'ls diré en veu alta. Digues alguna cosa, sisplau.

T'estimo. Absolutament.

BJØRN

Stop this day and night with me and you shall possess the
[origin of all poems,
You shall possess the good of the earth and sun (there are
[millions of suns left),
You shall no longer take things at second or third hand, nor
[look through the eyes of the dead, nor feed on the spectres in
[books,
You shall not look through my eyes either, nor take things
[from me,
*You shall listen to all sides and filter them from your self.**

* «*Acompanya'm aquest dia i aquesta nit, i teu serà l'origen de tots els poemes, / Teva serà la benaurança de la terra i del sol (milions de sols encara esperen ser descoberts), / Deixaràs d'acceptar coses de segona i de tercera mà, deixaràs de mirar a través dels ulls dels morts i deixaràs d'alimentar-te de les bubotes dels llibres, / Deixaràs de mirar a través dels meus ulls, deixaràs d'acceptar tot allò que de mi et vingui, tot allò que jo fins ara he acceptat, / Escoltaràs totes les coses i les filtraràs a través del teu tu mateix.*» Traducció de Jaume C. Pons Alorda, Edicions de 1984, 2014.

36

Bjørn

Oslo, setembre de 2007

No m'ha costat gaire trobar l'adreça. És a prop de l'hotel, no gaire lluny del port. La recepcionista me l'ha assenyalat en un plànol de la ciutat ple d'anuncis i me l'ha donat. M'ha semblat amable, i li he demanat si era bona hora per fer una visita formal.

—De feina, o a casa d'un conegut?

—A una casa.

—Vol trucar-hi abans i els ho demana?

M'ha ofert el telèfon.

—No, no cal, és una sorpresa.

—Segur que estaran encantats —ha dit somrient.

Tant de bo estiguin encantats. No tinc ni idea de què m'hi trobaré. Hi vaig a peu, esforçant-me per no tornar corrent a l'hotel. «Corrent» és un dir: els genolls em tremolen una mica. Ara penso que és una bestiesa presentar-me a casa d'en Bjørn. Trobar-lo, i trobar-ne l'adreça, no em va costar gens. A Internet hi és tot. El que m'ha costat, després de llegir la carta el mes passat, és decidir-me a venir. No sé si té dona, si té fills. Ni tan sols puc estar segura que és ell. Potser s'ha mort, des que van fer la guia telefònica. Potser es va morir ahir i avui és el dia del seu enterrament. I què dic, quan em demanin qui soc? Suposant que sigui viu, no em reconeixerà: què en queda, d'aquella noia prima amb una trena que era jo fa més de cinquanta anys? Els ulls blaus, només. Però ara estan envoltats d'arrugues, el cos fa anys que no és esvelt, em fan mal els peus, tinc el cor ple de cicatrius.

I, no obstant, em tremolen les mans que aguanten el plànol i quan aquest últim semàfor abans de casa seva es posa verd, no tinc esma de creuar el carrer. Ara veuré un noi alt, amb una motxilla verda i un jersei de llana que surt per la cantonada, que em veu i em saluda amb la mà, somrient, alleujat, i ve corrent, cridant: «Ja trigaves, pensava que no venies!».

Sí que vinc, Bjørn. Respiro fondo i creuo el carrer, cent metres més —sí que costen— i soc davant la porta. No és una casa, pel barri ja m'ho semblava: en Bjørn viu en un pis, en un edifici de dos pisos, elegant —gens ostentós—, clàssic, amb la façana d'un groc pàl·lid i les finestres altes emmarcades de fusta. No sé com me l'havia imaginat, però és exactament com ha de ser casa seva.

Estic palplantada davant de la porta: una dona vella, encara dreta, amb un plànol a la mà. Si no fos pel plànol podria ser d'aquí: en algunes botigues m'han parlat en noruec. Hi ha un intèrfon força nou, pel que és la casa, amb quatre botons, sense noms. Només el pis i les portes: A, B, A, B. No sé quina porta deu ser, seria l'excusa ideal per marxar i deixar-ho córrer. Són les quatre i deu minuts. No he pensat què diré quan el vegi. M'adono que sempre he donat per fet que m'obrirà ell la porta.

Em dono cinc minuts per pensar-hi. Dubto si seure en una cafeteria, mentrestant.

De sobte s'obre la porta des de dins. Surt una noia molt jove, morena. Se'm queda mirant un moment, i li demano, en anglès, a quina porta viu en Bjørn Dahl. Potser és la seva neta, potser es va casar amb una brasilera i els seus fills tenen la pell fosca, amb els ulls vius com aquesta noia prima que va en texans i una caçadora de pell i em mira sense expressió. Respon en un anglès perfecte, amb accent noruec, després de pensar-s'ho dos segons —dos segons: no és casa seva, no és el seu avi— que «Mr. Dahl» viu al primer pis, a la porta A, i veient que vaig a trucar, m'aguanta la porta perquè entri.

L'escala és ampla, no hi ha ascensor. Pujo a poc a poc, tremolant una mica, però amb decisió: no hi ha marxa enrere. Penso «què és el pitjor que pot passar?», i ja soc davant de la porta. M'espero un moment per recuperar l'alè, em passo la mà pels cabells —vaig ben pentinada, vaig ben arreglada, confirmo— i pico el timbre, dels antics. El cor em va a cent, es deu sentir des de dins. Sento passes, però són ràpides. El temps va molt lent, tinc temps de pensar que no és ell, que deu haver sortit. Que ja no viu allà. Que ja no viu.

I quan s'obre la porta, tinc davant una dona encara jove, més jove que la meva filla, alta, pèl-roja. Amb els seus ulls grisos, sense cap mena de dubte. Em mira encuriosida, amb un somriure d'interrogació.

—*Hi.*

—*Hi.* Viu aquí en Bjørn Dahl?

—Sí, és el meu pare. —Parla en anglès, també.

—Em dic Anna Belaure, soc de Barcelona... Ens coneixíem de joves, i com que he vingut a Oslo, he pensat que potser podria saludar-lo. —Ho he dit d'una tirada. Volia sonar casual, però se'm deuen notar els nervis, perquè em toca un segon el braç mentre em fa passar. Ha mirat de cua d'ull l'agulla que duc a la jaqueta: un esmalt que representa un xatrac amb les ales obertes.

—Ha vingut de Barcelona?

—Sí, estic passant uns dies aquí, i...

Em repeteixo, ja ho sé. Ella em mira atentament, com si em volgués reconèixer.

—...I he pensat que potser... Perdoni, no sé res d'ell des de fa gairebé cinquanta anys. Potser no és bona idea.

—Gairebé cinquanta anys! —Somriu—. El meu pare vivia a... a Londres?

—Jo també. Era infermera. El seu pare era enginyer... Ens vam conèixer allà. Fa tants anys...

—Vostè és l'Anita —diu. I el somriure s'ha tornat trist. Se m'acosta (és més alta que jo) i ara m'agafa suaument el braç. La tristesa del seu somriure m'està enviant un senyal d'alarma en un to molt baix, que només sento jo. Se m'han ennuvolat els ulls, i m'adono que m'ha dit Anita—. Anita, ja sé qui és. N'he vist fotografies, té els mateixos ulls. No em puc creure que sigui aquí. —I em sembla que també els seus ulls s'han omplert de llàgrimes—. El meu pare l'estimava molt.

M'estimava. Molt. En passat, ho ha dit.

—Anita, vingui. Ara veurà el meu pare, però...

Però. Però potser hi ha una mare, també. Potser no sap com abordar la meva visita, amb la mare.

—Vingui, sisplau. Anem a la cuina, que podrem seure. Ara aniré a buscar el meu pare.

Entrem dins, hi ha un moble sabater al costat de la porta, una catifa beix, uns esclops de goma i algunes botes. Em fixo que ella porta esclops i em miro els peus. No voldrà que em tregui les sabates, oi? M'ha entès, perquè em mira els peus i diu:

—Ah, no pateixi; passi, passi.

El passadís està pintat de groc. Hi ha quadres i fotografies, però no puc aturar-m'hi perquè entrem cap a l'esquerra, on hi ha la cuina, una cuina gran i espaiosa, amb una taula de fusta i un banc amb coixins estampats, i coses boniques a les parets. M'ajuda a treure'm la jaqueta, deixo la bossa sobre la taula i em fa el gest de si vull seure. Sec en una de les cadires. Sembla que s'hagi esperat que segui per dir-me, en veu més baixa:

—Perdoni, no m'he presentat. Em dic Anne. —Somriu, conscient que la miro amb els ulls molt oberts.

—Li ve de gust un cafè, o s'estima més un te, un got d'aigua?

—Aigua, sisplau.

Omple sense pressa un got d'aigua i se n'omple un per a ella. Els deixa sobre la taula.

—Anita... Va bé si li dic Anita? Vostè no em coneix, però... Però ara aniré a buscar el meu pare. El meu pare està malalt. Em sap molt greu.

No sé què dir. En Bjørn està malalt. És clar.

—Potser no he fet bé, no vull molestar, no es preocupi. No...

—No, ha fet molt bé, no molesta gens. —Fa que no amb el cap—. No és això. Ara el veurà. És que el meu pare s'ha fet molt gran. Segur que estarà molt content de veure-la.

S'ha aixecat de pressa i se n'ha anat, passadís avall, i em sembla que plorava, perquè s'ha aturat un moment abans de picar a una porta. Em miro distretament la cuina que no havia vist mai, però que m'imaginava, mentre la sento parlar lluny, afectuosament, en veu baixa. I després un soroll de passes acostant-se lentament.

L'Anne torna amb un home agafat del braç. Un home alt, prim, no gaire doblegat pel temps. Amb els cabells blancs, abundants, una mica esvalotats, el nas gros, els ulls grisos, inconfusibles.

Un home vell que em mira amb els ulls buits, sense expressió.

Per un moment penso que és cec, per això no em reconeix. Perquè jo sí que l'he reconegut, sense cap dubte, absolutament. És ell. Com un reflex, aquell cop a l'estómac, esmorteït. Encara el podria estimar, un home així.

Ella li parla en anglès, amb naturalitat.

—Papa, tens visita. Veus aquesta senyora? Ha vingut de Barcelona, a veure't. Papa, ha vingut l'Anita.

—L'Anita? —diu ell, i em mira, i mira la seva filla, confós—. Anita?

No em coneix. No és cec: és que no em coneix. No és perquè hagin passat tants anys. És que no coneix.

—Bjørn, soc jo, l'Anita, te'n recordes de mi?

M'he aixecat, m'hi acosto. El miro als ulls, els ulls que recordo tant i que fan un esforç, però no em recorden. L'Anne el mira amb tendresa, l'ajuda a seure al banc. Ell es deixa fer.

—L'Anita, papa, de Barcelona... És la infermera de Londres, papa. La teva Anita. Ha vingut a veure't, quina alegria! Hem d'estar molt contents que hagi vingut l'Anita.

Ella repeteix el meu nom, esperant que s'encengui una llumeta al cervell d'en Bjørn. Però aquell cervell tan ràpid, aquella mirada tan aguda, aquell somriure tan franc, tan obert, no responen. En Bjørn em dona la mà, disciplinadament.

—Gràcies —diu.

Em sento una llàgrima caient galtes avall, que no em netejo. L'Anne em diu, amb el mateix somriure amb què li parla a ell:

—El pare no té gaire memòria, Anita. Ja fa un parell d'anys que li costa molt recordar-se de les coses, i de les persones. Però sap que ens l'estimem molt. I ens agrada molt mirar fotografies, i parlar de les coses que han passat. Ara quan has vingut anàvem a fer-ho. Oi que tens una estona i et pots quedar amb nosaltres? Va, que mirarem fotos, papa. Amb l'Anita.

S'aixeca i agafa una capsa de llauna d'un prestatge de fusta, una capsa antiga de galetes. La deixa sobre la taula, i abans de seure treu una ampolla de llet de la nevera i n'omple un got de vidre, que deixa davant el seu pare.

S'ha fet un silenci que no és incòmode, com si fes anys que tots tres ens asseguéssim en aquella taula a mirar fotografies. Jo miro en Bjørn, intentant rescatar en Bjørn de vint-i-vuit anys, de vint-i-nou, de la carcassa d'aquest Bjørn que passa dels vuitanta, que es mira les mans i em mira a mi, i al seu voltant, amb lleu inquietud.

L'Anne ha tret tot de fotos de la capsa, i en tria una, en blanc i negre. L'hi ensenya: una noia amb cara de fred, amb abric fosc i una bufanda grisa, agafada a la barana d'un riu. Somriu mirant directament a l'objectiu amb uns ulls clars que els cabells foscos, despentinats pel vent, no arriben a tapar.

En Bjørn l'agafa i somriu. «Anita», diu molt fluix. Li agafo una mà.

—Bjørn, soc aquí —dic.

I, tota una vida després, en Bjørn em mira als ulls, creua els seus dits amb els meus, m'estreny la mà, i diu una altra vegada:

—Anita.

Índex

PRIMERA PART

LONDRES

SEGONA PART

BARCELONA